都会の迷い子

リンゼイ・アームストロング 作
宮崎　彩 訳

ハーレクイン・イマージュ

東京・ロンドン・トロント・パリ・ニューヨーク・アムステルダム
ハンブルク・ストックホルム・ミラノ・シドニー・マドリッド・ワルシャワ
ブダペスト・リオデジャネイロ・ルクセンブルク・フリブール・ムンバイ

ENTER MY JUNGLE

by Lindsay Armstrong

Published by Harlequin Japan,
a Division of K.K. HarperCollins Japan, 2025

リンゼイ・アームストロング

南アフリカ出身。帰国途中だったニュージーランド人男性と出会い、一度は国へ帰ったがすぐに引き返してきた彼と半年後に結婚した。上の3人の子供を南アフリカで、下の2人をイギリスとオーストラリアで産む。作家になるのは幼い頃からの夢で、夫とともに世界中を巡ってきた経験を生かした作品を書きつづけている。現在はオーストラリアの海を望む家に暮らす。

主要登場人物

ミランダ・スミス……………家政婦。軽食堂のウェイトレス。
テッド、ビリー………………ミランダの兄。
ベン……………………………ミランダの弟。
シャーリー・テイト…………ミランダの友人。
ビル・ハートレイ……………ミランダの恋人。
ニコラス・バーレット………法廷弁護士。
サラ・バーレット……………ニコラスの妹。
リリアン・セイモア…………ニコラスの姉。
ローレンス・セイモア………リリアンの夫。
サマンサ・セイモア…………ローレンスの妹。ニコラスの元恋人。
デイビッド・マッケンジー…ニコラスの親友。
マーシャル夫人………………ニコラスの秘書。

1

治安判事がしかつめらしく槌《つち》をたたくと、法廷内に広がっていた忍び笑いが消えた。判事は厳しい顔つきであたりを見まわしてから、被告人席の女性に視線を戻した。

「事故発生の状況をもう一度説明してくれますか。最初からではなくて、そう、あなたが口紅をつけていたところで混乱したと思うのだが、そこから始めてください」

被告人席のミランダ・スミスは座り心地悪そうに身じろぎした。もちろん楽しいこととは思っていなかったのだが、結果は予想以上にひどかった。第一、こんなにたくさんの人が来て、衆人環視の中で法廷が開かれるとは考えてもいなかったので、彼女は穴があれば入りたい気持だった。

警察の訴追人が口を切った。「思い出す助けになればと思って申しあげるのだが、あなたは就職の面接に行く途中だった。時間がなくて口紅をつける暇がなかったので、交通渋滞にひっかかったとき、バックミラーを使って口紅をつけようとした。それからどうなりました？」

ミランダは顔が赤くなるのを感じた。「前の車が動き出したのに気づかなかったんです。うしろからいっせいに警笛が聞こえてきたので、わたしはあわてて車を出しました。交差点にさしかかったら信号が変わったんです。黄信号のうちに通り抜けられると思ったのですが、交差点の真ん中で赤信号に変わりました。すると、あの大型の黒い車が突っ込んで来たんです」

まじめくさった判事でさえ、おかしさをこらえているのを見て、ミランダはいっそう真っ赤になった。

法廷内を静かにさせるのに、判事も今度は槌を一度ならずたたかねばならなかった。ミランダは死んでしまいたかった。下を向き涙をこらえた。

だが、彼女もようやく顔をあげ、判事を見てから、訴追人席に座っているもう一人の男性の目をじっと見つめた。その男はまだなんの役割も果たしていず、それまではうつむいて鉛筆をもてあそんでいたのだ。

ミランダは最初にその男性に気づいたとき、だれだろうと思った。彼の無とん着な様子か、あるいは仕立てのよい黒っぽい背広が目にとまったせいだろう。それとも、気むずかしく賢そうな容貌《ようぼう》のせいだったのかもしれない。冷笑するような、それでいて遠くを見るような彼の視線とぶつかって、彼女は内心ひやりとした。

彼はまた視線を落とし、それで二人のつながりはナイフで切られるようにばっさり断たれたが、そのとき判事の鋭い声がしたので、彼女はとびあがらんばかりに驚いた。

「スミスさん、よくお聞きなさい。交通信号が故障していたと主張するつもりがあるかどうか、あなたにうかがったのだが、そうでしたね？」

訴追人が発言した。「判事閣下、交通信号は事故のあとの調査で、正常であったことが確認されております。この際、大臣閣下の運転手の素早い反射神経がなかったら、もっと大きな事故が起きていたかもしれないことを指摘すべきかと思います。スミス嬢は自分の注意力の欠除にもかかわらずけが人が出なかったことを、むしろ幸運に思うべきだと考えます」

廷内にざわめきが広がった。

ミランダは唇をかんだ。彼女の家族はよく知っているのだが、そのグリーンの瞳には、怒ったときに現れる負けん気の強い光がさしていた。彼女はあごをあげた。

「判事閣下、わたしはわたしにミスがなかったとは言っておりません。ただ、自己弁護のために一つだけ言わせていただきたいのです。訴追人は大臣の運転手の反射神経で大事故が防げたとおっしゃいますが、わたしが車の運転を習ったときには、どんなに自分が正しくても、運転は慎重にして、交通信号が青に変わってもすぐとび出したりしてはいけない、と教わりました……」

「運転はどこで習いましたか、スミスさん？」訴追人が気だるくきいた。

「グーンディウィンディです」そこはクイーンズランド州の奥の片田舎で、ミランダの生まれ故郷でもある。「何かいけないんでしょうか？」彼女はいきまいた。

「いや、別に！　ただ、その町には交通信号がいくつあるかと思いましてね。一つですか、二つですか？」訴追人はていねいにきき、いやに気取った表情を浮かべて腰をおろした。

「まあ！　あなたはご自分では頭が切れると思っていらっしゃるのね？　わたしに言わせたら、あなたなんかとてもがまんできないわ！」

ミランダの憤りに廷内はざわつき、彼女は判事から法廷侮辱のかどに問われると注意を受けた。だが、彼女は訴追人のほうへ頭をあげ、さらに追い討ちをかけた。

「わたしをばかにして、それで報酬をもらっているんですか？」

治安判事はおかしさをこらえるかのように口をつぐんでいたが、ようやく口を開いた。おだやかな口調だった。「スミスさん、あなたは何歳ですか？」

「二十歳です」

「この事故を起こすまで、ブリスベーンにどのくらいいましたか？」

「一週間です」

「なるほど。ブリスベーンは初めてですね？」判事はじっとミランダを見つめていた。

彼女は顔がいっそう紅潮してくるのを感じ、冷房がきいているのに汗ばんだ手で、スカートを直し、無意識のうちにブラウスの一番上のボタンをいらいらいじっていた。

ようやく判事が発言した。「スミスさん、あなたの言い分にも妥当性があります。だれにも事故を防ぐための努力をする義務があるからです。目撃者の一人は、公用車は〝スタートを早く切りすぎた〟と証言している」判事はそわそわし始めた訴追人を見て、続けた。「第二当事者である公用車の運転手の反射神経で大きな事故が防げたという主張もされているが、交通が混雑している場合には、直感的な反射神経よりも慎重な安全運転のほうが望ましい」

訴追人が立ちあがって反論しようとすると、判事は「静粛に」と抑えた。

「だからといって、スミスさん、あなたが赤信号のときに交差点の中に入ったという事実は変わらない。交通規則を犯しているし、無暴運転のそしりはまぬがれない。交通違反の持ち点を規則に従って減点し、罰金を支払うよう命じます。しかしながら、事故発生の状況を考えて情状をしゃく量し、最低の罰金にいたしましょう」

驚いてざわめく廷内を判事はたしなめるように見まわしてから、罰金額を言い渡した。

「スミスさん、もう退廷してよろしい。ただ念を押しておくが、道路が混《こ》んでいるときに、運転しながら化粧もするのは無理なことだ。これからは運転には十分気をつけるように」

ミランダは法廷に通ずる広い歩廊から離れた人気《ひとけ》のない狭い通路にひっそり座っていた。法廷を歩いて出るときもみじめで、勇気を出さなければならなかったが、あとからたくさんの人が笑いながらついて来ると思うと、とてもたえられず、そこへ逃げ込んだのだ。

彼女はひとり言を言った。「いつまでもここにいるわけにはいかないわ。もうみんな外に出てしまったから、だいじょうぶよ」

ミランダはためらいがちに立ちあがったが、広い歩廊から人の声が近づいて来たので、そのまま立ちすくんだ。静かなので大きく響く声には聞き覚えがある。

「……あの老いぼれ判事、ほんとに役立たずになったかと思いましてね」訴追人だった。「最低の罰金にいたしましょう、か」訴追人は判事の口真似をして、今度は普通の調子に戻した。「それにしても、ぽっと出の田舎娘があんなことを言い出すとは、だれも想像しませんでしたね」

「田舎娘かどうかは関係ないと思いますよ。女ってやつはだいたい、世間に出るときには、自分の二本の脚とはち切れそうな胸がどんな役に立つか、ちゃんと心得ているものだから」もう一人は低い声だった。

「相手が父性愛を感じていなければね」訴追人はくすくす笑っている。

二人が通りすぎるのがちらと見えた。もう一人は訴追人席に座っていた黒っぽい背広の男だった。ミランダはくやしさに手を握り締めた。

彼女が角からのぞくと、二人は立ちどまって話を続けていた。

「……ボインのブッシュマンだったのかもしれませんね。しかし、なかなか勇気があったな」

すると、もう一人の男が応じた。その声がおもしろがっていたので、ミランダはすくんでしまった。

「そうだったね。あの娘《こ》にはレッテルを貼《は》っておくといいな――例えば、草原から出さないで！　とか、車を近づけないで！　とかね」

訴追人が声をたてて笑った。ミランダは額を壁につけ、くやし涙をこぼしながら歯ぎしりしていた。

だが、会話はまだ続いた。「しかし、あなたのタイプじゃありませんね？　ちょっとしたグラマーではあるけど！」

相手の男性は肩をすくめた。「どうかな。据え膳《ぜん》で出されたら、試してみるかもしれないな。しかし、あのなんといったか――そう、ミランダ嬢の魅力と長くつき合うには、よほど若いか、人生にあきあきしているかでないとつとまりませんよ」

ミランダは憎しみにあふれた目つきで、その男性の出口に向かううしろ姿をにらみつけていた。

自分の部屋に帰っても、ミランダはまだ屈辱と怒りで体を震わせていた。古風で大きな木造の下宿屋の一室だが、三カ月前に借りてから彼女なりに飾りつけをし、男ばかり四人の兄弟のある牧夫の娘にしてはぜいたくだった。

だが、その部屋もきょうはミランダを笑っているように見える。荷物をまとめて家に帰りたかった。故郷《ふるさと》。

だが、故郷のことを思うと、考えは先に進まない。家に帰ってどうなるというのだろう？　家族は口には出さないだろうが、わたしが間違いを認めたと思うに違いなかった。

もっと悪いのは、それ見たことかとも言わずに、みんなが、よかった！　これでミランダも落ち着いてビルと結婚するだろうと考えることだ。だが、わたしは家を出たときよりも、ビルと結婚する気持になっているだろうか？　あれから三カ月という短い間に、あのころの不安な気持、わなにかけられたような奇妙な感じがなんであったか、わかったのだろうか？　ある意味では、わたしはビルを愛している。しかし……。

ミランダはただ一つのアームチェアに体を沈めた。

「それにお金の問題もあるわ」彼女は声に出しながら、ため息をついた。「戦場のような厳しさであることはわかっていたけど、わたしのようになんの資格もない身で、よい仕事を見つけるのが、こんなにむずかしいとは知らなかったわ」

彼女は明るい夢を胸に描いてブリスベーンに着いたときのことを思い出して、しかめっ面をした。夢というのは、興味のある仕事につき、お金を貯《た》め、オーストラリアのことも少しは学んで、自分の世界を広げることだった……。

「それなのに、牛や馬や天気のことを話していればすむクイーンズランドの南西部へ帰り、ビル・ハートレイと一生をともにしなければならないなんて」

ミランダはビルのことを考え、涙ぐんでいた。

彼女は頭をかかえた。しだいにホームシックに襲われ、その心の痛みを和らげようとするかのように今度は両腕で胸を抱きかかえた。だけど、いま帰っていいものだろうか？

ほかに方法がないか、ミランダは考えようとした。この就職難の時代だけに、なんとか見つけた仕事は、一週三日の持ち帰り用の軽食堂の売り子だった。

夢とはほど遠かったが、それでもそのおかげで部屋代はまかなえたし、あとは貯金を使って夜間の秘書養成学校に通っている。そこへ、あの罰金だ。最低とはいえ、貯金をほとんどはたいてしまい、秘書になる希望はついえてしまう。

ミランダは腰をあげ、衣装戸棚の表の古い姿見の前に立って、自分の姿を歪《ひず》みのある鏡に映してみた。

いつもと変わらず、色むらのある豊かな金髪で、背は高く均整の取れた肢体だ。着ているものもぜいたくではないが、流行遅れとか、田舎まる出しといったふうでもない。

「それに胸もよ」彼女はつぶやいた。「あの二人がほんとにボインのブッシュマンを見たいのなら、シャーリー・テイトに会えばいいんだわ！　そうすれば豊満という言葉の意味がわかるはずよ。シャーリーに比べれば、わたしの胸のボタンははち切れそうにはなっていないんだから」

それにしても、訴追人席に座っていたもう一人は夢に見るような男性だったわね、と自分自身に問いかけた。顔をしかめながらも、そういえば――そうね、と認めざるを得ない。

ミランダはグラスに水を注いだ。そして法廷でその彼と視線が合ったとき、彼の目にからかうような軽べつの色が浮かんでいたのを思い出し、身震いした。彼は仕立てのよい控えめな感じの背広を着ていたが、そのためにいっそう背の高さと美しい男性的な体をきわだたせていた。額にかかる豊かな黒っぽい髪とともに、禁欲的な顔つきや瞳は、あとで聞いた彼自身のいやみな言葉とはまるで裏腹だった。

「尊大だったらありゃしない」ミランダは彼が自分に貼った〝レッテル〟を思い出し、ぐさりと刺された痛みと腹立たしさに、自分でもたじろぐほどだった。

どうしてわたしをあんなふうに考えるのだろう！　あんなことを言われたら、たった数百キロしか離れていないところから来たのに、まるで月からやって来たみたいに、だれだって思ってしまうわ！　まるで干し草をちゅうちゅう吸いながら、はだしで法廷の中に入って来たような言い方なんだから。でも、いまに目にものを見せて……。

「少し時間がかかるかもしれないけど、きっとそうしてやるわ」ミランダはそう誓って、くやし涙を手でぬぐった。

2

ミランダは目指す建物に入り、大理石造りのすばらしいロビーで、手にしたメモを頼りに案内板を見た。

行き先階がわかり、制服を着た守衛に案内されてエレベーターに乗り、十四階で降りた。探しているバーレット氏のオフィスは目の前にあった。

金文字で名前を標示してあるドアを開けると、中年の女性が大きな机から顔をあげ、さわりのよい声できいた。「何かご用ですか?」

ミランダは笑みを浮かべた。「職業紹介所の紹介で来ました。掃除婦を求めていらっしゃるとか?」

「あら、そうよ! ま、どうぞ、おかけになって」

女性はそう言ってノートを引き寄せた。「ええと、ミランダ・スミスさんとおっしゃったかしら?」ミランダがうなずくと、女性は続けた。「前にも同じような仕事をしてらしたと思うけど?」

「ええ、推せん状を持っています」ミランダはハンドバッグから一枚の紙を取り出した。

秘書らしい女性は眼鏡をかけ、推せん状を読みながら言った。「募集広告には個人の家庭と書いてあったのに、こんなオフィスにいらしていただいて、ふしぎに思っていらっしゃるでしょうけど、バーレットさんは――わたくしは秘書ですけど――独身なの。お忙しいし、家には高価なものがたくさん置いてあるから、身元もしっかり調べることにしていますの。お気になさらないでね」秘書の女性はにっこり笑った。

「ええ」

「ところで、わたくしはマーシャルです。あなたはグーンディウィンディのご出身ね？　ブリスベーンにはどのくらいいらっしゃるの？」

「四カ月足らずです」

マーシャル夫人は考え込んでいたが、口もとが一瞬おかしそうにゆがんだようにミランダには思えた。するど、夫人が口を切った。

「コーヒーはいかが？　もうここにポットはあるの。あとはカップを出すだけ」秘書はそう言って、うしろの戸棚からカップを一つ取り出した。「さてと、あなたの前のお仕事の話をしてくださらない？」

「あの、わたしの父は大きな牧場で牧夫頭をしています。ブリスベーンに来るまでは、わたしはずっとその牧場に住んでいました。学校を卒業するとすぐ牧場主のお宅で働くことになったんです。そこにも高価なものはたくさんありましたわ。いえ、皮肉で言ったのではありません。銀器や調度品の扱い方は知っていると言いたかったからです」

「お料理もね。前の雇い主のライト夫人はあなたのことをずいぶん誉《ほ》めて書いていらっしゃるわ」秘書の女性は推せん状をもう一度眺めてから眼鏡をはずした。「このお仕事は週に三日、それも午前中だけってことはご存じね？　あなただったら、住み込みの家政婦だってできそうだけど、それがお望み？」

「いいえ。ほかに仕事もありますし、自由でいたいんです。相手の家庭に入れば、どんなに条件がよくても、やはりしばられますから。それに、夜間の秘書養成学校に通っていますから、お金もほしいんです」

マーシャル夫人の目つきが温かなものに変わったので、ミランダはうれしかった。

「バーレットさんは少し——むずかしいのよ。わたくしはよくわかっているのですけど」夫人はユーモラスにつけ加えた。

「ということは、つまり……お若いとか……」

「若くはないの。なんと言ったらいいのかしら、気分屋で――神経がぴりぴりしているってことね。でも、よく働いてくれる人には報酬ははずむ人よ」

「わかりました」

「よかった。これで決まりね。いつから働いていただける？」

「いつからでもけっこうです。でも、バーレットさんがわたしを気に入らなかったら、どうなるんでしょうか？」

「人選はわたくしに任せる、と言われているの。わたくしが選んで、これまで彼をがっかりさせたことはないのよ。それから、これも言っておいたほうがよいと思いますけど、バーレットさんは週末にときどき夕食会を開きます。ご希望があれば、そのお手伝いもしていただいていいの。でも、二つの仕事と夜間学校の三つを一緒にやれるかしら？」

「やってみますわ。ライト家ではよくパーティの手助けもしましたから」

秘書はうれしそうにうなずいて、一枚の紙を手渡した。「これが住所。あしたの朝一番にいらして、バーレットさんと時間割りをお決めになるといいわ。向こうにはあなたがいらっしゃると連絡しておきます。ときどき、またお目にかかりましょうね」


雇い主と会うのに何を着て行こうか、とミランダはしばらく考えていた。相手はつむじ曲がりの年取った独身男かもしれない。訴追人たちが悪口を言っていた、あの治安判事のような性格かもしれないと思うと、いやな予感がした。しかし、みんなが治安判事のことをあんなふうに思っているわけではあるまい。

次の朝、リバーサイドのしゃれた住宅地でバスを降りたミランダは、さっぱりした装いだった。おとなしいデザインの青いコットンのドレスで、もともと縞《しま》模様になっている金髪はきっちりうしろで束ねている。

バスで来たのは、もう車を持つのは危険だったし、経済的にも無理だったので、実家に送り返したからだ。衝突されてできた中古車の新しいへこみに、だれも気づかなければいいが、と思ったものだ。

教えられた雇い主の家は川沿いに建てられた高級マンションの一つにあった。エレベーターで最上階まで昇り、ミランダは急に額に汗ばむのを感じながら四十五号室のベルを押した。

ドアがすぐ開き、彼女は、深々としたカーペットを敷いた廊下に根が生えたように、ぼうぜんと口を開けて立ちつくした。一番会いたくないと思っていた男性がそこにいたからだ。

あとで考えてみると、どっちがよりびっくりしていたかわからないくらいだが、彼の黒っぽい瞳の色や広い肩幅、それに相手がだれかとわかって急に見せたしかめっ面を見まがうはずはなかった。

「わたし……あの、わたし、間違えました。三十五号室と……」

「ちょっと待った！　あのスミス？　ぼくたちが知っている、あのスミスさんなんですね？　信じられないな」

「信じるも信じないも、わたしは部屋を間違えました。あなたがバーレットさんでなければですけど？　まさかバーレットさんであるはずがありませんわ。失礼しました」

「謝る必要はないよ。ぼくがバーレットなんだ」

「まさか。マーシャル夫人はバーレットさんはお年だっておっしゃいました」

「おや、そう？　いくつだって？」

「はっきりとじゃありませんけど、若くはないって」

「へえ、彼女がね。正確に言うと、ぼくは三十三歳。

名前はニコラス・バーレット。察するに、きみは掃除婦の仕事を探しているミランダ・スミス嬢ってわけだ」相手は気だるそうに言ったが、その目は憎らしいことに、おもしろそうに笑っていた。

ミランダは歯ぎしりした。「あなただとわかっていたら、わたし、この仕事を引き受けたりしませんでしたわ。どんなにお金を積まれても！」ニコラスがあからさまに笑い始めたのを見て、彼女はますますいきりたった。「そのお金はパイプに詰めて煙にしておしまいになるといいわ、高慢ちきなバーレットさん！」

ミランダはくるりと背を向け、そのまま立ち去ろうとしたが、あわてた拍子につまずいてしまい、ハンドバッグから小銭がこぼれ落ちた。

彼女が真っ赤になり、女性が使うのははしたない言葉をつぶやきながら、かがんで小銭を拾うと、ニコラスも手伝った。

「自分でやります。ベッドに帰ってください！」ミランダは混乱して、彼がきちんと服を着けているのに、おかしなことを言ってしまった。

「ぼくはもう起きていたよ」ニコラスは彼女を助け起こし、小銭をハンドバッグに入れると、まじめな顔になった。「自動車の損害保険はもらうの？　そうしたほうがいいですよ」

「事故の話はしないでください。ブリスベーンで事故を起こしたのはわたし一人しかいないみたいに聞こえますわ！」

「怒ったときはとてもきれいだね、スミスさん」彼は口もとをゆがめた。

「まあ！　いいですか、かりに……かりに……かりに一生うまやの掃除をしなければならないとしても、あなたのために働くよりはましですわ！」ミランダはあふれそうな涙をこらえ、つんと頭をそらして言った。「失礼しました、バーレットさん。もう二度とお目にかかるつもりはありません」

「待ちなさい……ミランダ」ニコラスは彼女の名前をようやく思い出したかのように呼びかけた。

「どうしてですか？　もっと侮辱するつもりなら、もうけっこう、ほっといてください」

「中に入りなさい」彼は強引にミランダを引っ張り入れ、居間の椅子に座らせた。

「なんてひどいことを！」彼女は食ってかかり、逃れようとした。

「座ってほしいね」ニコラスは冷静だ。

「あなたなんか地獄に落ちてしまえばいいのに！」彼の態度に神経質に反応してしまう緊張感を振り払おうと、ミランダは彼のほおをぶってしまえとばかりに向かって行った。

「まあ、まあ。どうしてぼくがそんなことをされなきゃならないの？」ニコラスは彼女の振りあげた腕をつかんだ。

「放して」

「こっちが言いたいね。ぼくはぶたれまいとして、自分を守っているだけだよ」彼はそうつぶやいたが、目はおかしさをこらえていた。

「まあ！」ミランダは高飛車な態度でからかっている彼の表情が憎くてたまらず、体ごとぶつかって行った。

だが、結果はまたしても無残だった。彼女は両手首を片手でがっしりとつかまれ、もう一方の手で腰のまわりを押さえ込まれていた。

ミランダはなおももがこうとしたが、ニコラスの圧力が増すばかりで、腕がソケットからはずされたように感じ、関節に痛みを覚えた。いっそう屈辱的だったのは、彼がじっと隆起する彼女の胸を見つめていることだった。

ミランダは口をへの字に結んで、彼とにらみ合った。だが、彼は素知らぬ顔だ。彼女は肩の痛みにたえかね、いったん目を閉じてから、負けたというように視線を落とした。

ニコラスはすぐに手を離し、ミランダを隅の長椅子に座らせると、クリスタルのデカンターがのせてある銀器のトレイに近づき、ブランデーをグラスに注いだ。

「飲みなさい」

彼が差し出すグラスを一口すると、ミランダは乱れた神経がブランデーの熱い流れでいくらかいやされたように感じた。彼女は立ちあがった。

「わたし、帰ります」小さな声だった。

「座りなさい」声はおだやかだが、有無を言わせぬ響きだった。

ミランダはおずおずと腰をおろした。ニコラスは川を見おろす大きな一枚ガラスを背に立っているので、その表情はわからない。彼女はひざに視線を落とした。

彼が近づいて来て、座った。「ミランダ、どうして田舎に帰らないの?」

「グーンディウィンディにですか?」

「そう。家族がいるはずだね? それに、何人かボーイフレンドもいるんだろう?」

「一人だけですわ」ミランダはなぜ自分がそんなことを打ち明けているのか、わからなかった。「わたしと結婚したがっている人がいるんですけど、わたしはわからないんです。何か……息苦しくなる感じで。母が死んでからは……」と言いかけて、彼女は口をつぐんだ。

「続けてごらん。お母さんのことを話してくれないかな」

「あの、母には人生は牛や馬だけではないことを教わりましたわ。母は先生だったんです。娘はわたし一人でしたから、一緒にすごすことが多くて、よく本を読んだり、話し合ったりしました。読み書き、算数だけではなくて、なんでも教えてくれました。だけど、しばらく間があって、一番下のベンが生まれてから、母は心臓が悪かったことがわたしたちにもわかったんです。やがて母は亡くなりました。わたしが中学を卒業するころでした。母が病気をかくしてさえいなければ……」

「お気の毒だね」

「母はわたしを高校にやりたかったんですけど、ベンは小さかったし、わたしは進学をあきらめました。それから五年間わたしは家にいて、パートタイムで牧場主のお宅の手伝いをしました。でも、ちっともみじめではありませんでしたわ。家族のみんなを愛していますから。けれども、六カ月前に一番上の兄のテッドが結婚して、お嫁さんが来ましたし、ベンも大きくなって、わたしが家にいる必要はあまりなくなりました」

「それで、しだいに落ち着かなくなったんだね」

「それだけじゃないんです。だれもが次はわたしの番だと口にし始めました。でも、ビル・ハートレイ自身に対しても何やかやとありましたし、彼のまわりにはシャーリー・テイトがまとわりついていましたから、彼とあわてて結婚するのはばかみたいに見えたんです」シャーリーのことを考えて、ミランダは急に目をきらきらと光らせたが、言葉はおだやかだった。「わたしもビルは好きですわ。でも、もっと自信がほしかったんです。田舎から出るように言ったのは彼なんです。彼だけがわかってくれました」

「彼も自分の気持を整理する必要があったわけだ」

ニコラスは皮肉な笑みを浮かべた。

ミランダは彼の顔をじっと見つめた。「なぜこんな話をしているのか、自分でもわかりませんわ。あなたには、いくらお話ししてもわかってもらえないのに！　ただ……」

「話し相手がだれもいないから？」

「そうじゃなくて。それは知っている人はだれもいませんわ。大都会で友達を作るのは簡単ではありませんし、まして信頼できる友達はなかなかできませんわ」

「だからいっそう、田舎に帰ったほうがいいんじゃないの？　ミランダ、きみが言わんとしていることはわかるつもりだ。しかし、きみのような若い女性を友達も親せきもいないこの町にほうり出すのは、こっちからトラブルを仕掛けるようなものだよ。事故の問題もまだすっかり片づいているわけではないんだろう？」

ミランダは鼻をふくらませた。「ひき殺されるのを待っている迷い犬のような言い方ですね」

「実際にそうじゃないの？　だが……」

「わかりました。確かにわたしは事故を起こしました。だけどそれは、わたしが欲求不満で神経過敏だったからでしょうか！　そんな状態で運転している女性は何千人といますわ。わたしは運が悪かっただけなんです。何千人という女性をみんな田舎へ帰してしまいたいんですか？　わたしはここで友達を作ります。ちょっと時間はかかりますけど」

ミランダは肩をすくめた。ニコラスはそんな彼女を熱くじっと見つめていた。

「きみほど魅力的な容姿をしていると、友達を作るのにそれほど時間はかからないよ。きみのような女性には、大都会はジャングルみたいなものでね。ビル・ハートレイがもうきみを自分の……？」ニコラスはまゆをあげた。

「そんなことありません！　まだだれともありませんわ」ミランダは怒ってぴしゃりと言った。「わたしをそれほどばかだと考えていらっしゃるんですか？　わたしは森の中のうぶな小娘とは違います。男性が何を追っかけているかわかっているし、何人かはねつけたこともあるんです」ミランダはまっすぐ彼を見つめた。「わたしがおもちゃにされるような女だとほんとに思っていらっしゃるんですか？」

「都会だと少し事情が違うからね。そこを言いたいんだ。きみが寂しいと思っているとき――そうだね、狼はみんな狼の格好はしていない。都会の女たらしにひっかかると、寂しくてふらふらしているきみなんか絶好の餌食《えじき》だよ。きみも……気をゆるめてしまう」

ミランダは身じろぎした。もっともだったからだ。

「わたしは――気をゆるめたりしませんわ。ここで生活してゆかなければならないんですもの！　それに、仕事二つと夜間学校があって、寂しくなっている暇もありませんわ」

「夜間学校では何を勉強しているの？」

「秘書コースです。自立するにはそれが一番早道なんです。タイプや速記ができるようになれば、いまに比べると、世界は思うがままですわ」

「なるほど。ミランダ、こんなことをきくのは失礼なんだが、きみはお金がない状態なの？」

どう答えたらいいか、そんなことまでニコラスに打ち明けたものかどうか、彼女はしばらく考えていたが、正直に答えた。「ええ。部屋代や何やかとありますから」それに罰金も、と考えたが、それは口に出さなかった。「でも、やってゆけないことはありません」彼女は微笑を浮かべて立ちあがった。「もう行かないと」

「どうぞ。ぼくの忠告を聞かず田舎に帰らないのなら、掃除婦の仕事をやってくれたまえ」

「それはできませんわ。あんなことを言ってしまいましたから。同情していただかなくてもいいんです」

ニコラスはいらだたしそうに脚を伸ばした。「ぼくの気持がどうであろうと、きみがここの仕事の適任者であることに変わりはないよ。そりゃあ、きみには同情している。それも、ぼくはかわいそうな女性をいじめるのが好きじゃないってだけの話でね」

彼は立ちあがり、ミランダの肩に手を置いた。彼女は緊張した。

「気を楽になさい」ニコラスはやさしく肩をもみながら、つぶやくように言った。「きみに野心はないよ。傷つけて、ごめん。だけど、きみがあまり挑発するものだから。あしたの朝からさっそく働いてみてはどう？　ぼくは月曜、木曜、土曜の午前中を考えているのだが」

ミランダの頭の半分はもう何も考えることはできず、肩にある彼の手だけを意識していた。もう半分は新聞の求人欄を見て、職業紹介所や面接にうろうろする自分の姿を想像していた。

自分自身でもびっくりしたのだが、ミランダは「けっこうですわ」と答えていた。

「よかった。ぼくは八時ごろなら都合がいい。それじゃあしたまた」ニコラスは彼女を玄関へと導いた。

「わかりました」ミランダは外へ出ようとしかけたが、ふとあることを思い出して振り返った。「あそこで何をしていらしたんですか？　法廷弁護士だってことはわかってますけど、どうしてあそこにいらしたのかと思って」

「法廷のこと？　第二当事者の事務弁護士から依頼人の利益を守るために出ているように言われてね」

「あら？　自分が傷つかないためには、わたしだけを悪者にすればよかったんですね。みんながおもしろそうに笑っていたところをみると、だれしもそう思っていたんですわ」

ニコラスは目を細めた。「変わった人だね、きみは」

「どうしてですか？」

「そうだね、ちょっと普通の……」

「田舎娘とは違うってことですか？」ミランダは甘ったるく口に出したが、心の中はむかむかしていた。

彼は声をたてて笑った。「きみが言い出したんだよ。ぼくはそんなこと言ってない」

ミランダは肩をすくめ、一瞬言い返そうとしたが、口をつぐんだ。「そのことについては何も言うつもりはありませんわ。それでは、あしたまた」

ミランダは、世の中に何も気にすることはない、といった面持ちで歩き始めたが、心の中は勅せん弁護士、ニコラス・バーレットのことでいっぱいだった。話し合ったことで彼の印象は微妙に変わってはきたのだが、どうしても第一印象の彼に思いが戻ってしまう。

「あの冷酷で高慢な……」彼女はそうつぶやいていた。

思い出す。

手紙の中でもとりわけうれしかったのは、自分がもうすぐ叔母になるという知らせだった。

ミランダはアイロンの手を休めた。何かお祝いをしなくっちゃ！ そうだ、きょうは午後、町に出て、自分のために新しいドレスを買おうっと。きょうはお給料日だし、わたしはもうすかんぴんじゃないんだもん。ただ……。ミランダ、ただなんなの？

「ビル・ハートレイのことをだれか知らせてくれてもいいのに、ってこと」ミランダは声を出していた。だが、彼女はすぐに、いまの幸せな気持をくもらせてはならないとばかりに、次のシャツに手を伸ばした。

ニコラス・バーレットの家で働くようになってから一月たち、彼女は仕事にもすっかり慣れていた。木曜日は洗濯、月曜日は電気掃除機をかけて部屋を磨きあげる日にし、土曜日に窓や壁、それにキッチ

3

ミランダは歌を口ずさみながら、ニコラスのあつらえのシャツにアイロンをかけていた。歌が出るのは幸せだったからで、ハスキーなその声はなんとも魅力的だ。彼女のポケットには家から届いた手紙が入っていた。

寄せ書きのような長い手紙で、もともとは義姉が書いたものだが、父や兄弟全員が続けて書いていた。一番末のベンからの便りを思い出して、ミランダはほほ笑まずにはいられない。ただ一人の弟で、やんちゃなせいか、彼女もベンには甘かった。

「そんなことをすると、承知しないぞ、ベン・スミス！」父がそうどなる声を彼女はいまでもはっきり

ンを掃除することにしていた。

マーシャル夫人が言っていたように、ニコラスに会うことはめったになかったが、新しい雇い主に複雑な感情を抱いてはいても、彼の住居をきれいにするのは誇らしかった。

彼のためというより、美しく飾りつけられた部屋をはじめ、クリスタルや銀器、床のペルシャじゅうたん、それにベージュ色の壁に金色のわくをつけてかけられている絵画、さらには絹やビロードで布張りされている家具類まで、自分の手で生き生きと輝いてくるのがうれしいからだ。

なかでも、二つの部屋には特別に心が動いた。一つはオーク材の大きな机のある書斎で、壁一面の本棚がとりわけ印象的だった。ミランダはほこりをはたきながら、ときどきうっとりと眺めてしまう。分厚い法律書のほかに、シェイクスピアからアーサー・ミラーまで、さまざまな文学作品が並んでいるからだ。この書斎に三、四日閉じ込められても、平気だと思うくらいだった。

もう一つは寝室だ。純白のカーペットと暗青色の敷物の上に大きなベッドのあるその部屋に入るたびに、ミランダはいつも気おくれがするのだが、二週目に続きの浴室で口紅のついたティッシュと床にヘアピンを見つけたときには、ぞくっとしてしまった。マンションには客用の浴室もあるのだから、この落とし物が何を意味するかは明らかだ。

さらに衝撃的だったのは、その一週間後、袖口やえりもとに白鳥の綿毛のついた金色のシフォンのネグリジェが浴室のドアにかけてあったことだった。ニコラスとベッドをともにしたのはどんな女性か、ミランダは想像せずにはいられなかった。とてもエレガントな女性に違いない。それとも、若くてシックな人かしら？　そんなことを想像していても、ミランダはいつも最後にはニコラスのことを考えてしまう。肩をもむ彼の手の動きや法廷での彼の視線を思い出して、心が揺れるのだった。その気持を打ち消すためにミランダは、ニコラスが彼女について言ったことをあらためて心によみがえらせなければならなかった。

しかし、きょうは新しいドレスを買う楽しみがあったので、ミランダも憂うつになることはなかった。彼女は集めたシャツを片手に抱き、歌いながらワルツを踊るように洗濯場を出て、居間を横切った。すると、思いがけずニコラスにぶつかりそうになって立ちどまった。

「ちっとも気づきませんでしたわ」

彼は吹き出しそうなのをがまんして、間延びした言い方をした。「そのようだね。口笛を吹きながら仕事をする流儀とみたね。きみは歌だけど」

「いけないことじゃないでしょう?」困ったところを見られたような気がして、ミランダは少しほおを染め、つけ加えた。「教会の合唱隊でよく歌っていたんです!」

「別にきみの声を批判しているわけじゃないんだ。きみがカナリアみたいに歌いながら働いているのがおかしくってね。ミランダ・スミスの別の顔を見た感じがしたよ。寝室に行くんだろう?」

ニコラスは寝室について来て、ミランダがシャツをハンガーにかけている間にネクタイをはずし始めた。

「どうして……」

「きみは……」

二人が同時に声をかけたので、ミランダは衣装戸棚から振り返ったが、彼がシャツを脱いだところだったので、大きく目を見開き、赤くなって顔をもとに戻した。

「言ってごらん」ニコラスが促した。

「どうしてこんなに早くお帰りになったのかと思っ

ただけです」ミランダは思い切って向き直った。

「午後、ゴルフをしようと思ってね。一週間ほど前に着たグリーンのTシャツ、どこにあるか知らない？　クリーム色のカラーのやつだ。あのシャツはついているんだ」彼はにやりとした。

「ええと、一番上の引き出しはごらんになりました？　確かそこに入れたと思いますけど。わたしが見てみますわ」ミランダは彼のほうを見ないようにして引き出しを開け、シャツを取り出した。「引き出しを整理したんです。あまりひどかったものですから。いけなかったでしょうか？」今度は彼のほうを見ないわけにはいかなかった。「いけなかったでしょうか？」彼女はもう一度繰り返したが、想像していたようにニコラスの肩幅が広く日焼けしていたので、脈はくが速くなり、声もうわずっていた。

「わたし、もう終わりましたから、帰ります」

「ちょっと待って、ミランダ。話があるんだ」

「居間でお待ちしています」彼女はあわてて引きさがった。

川を見おろす窓ぎわの木の椅子に腰をおろして、ミランダはなんの話だろう、と考えていた。

「わたしを首にするのかしら？」いつの間にか、彼女はニューファーム岸壁につながれている大きなコンテナー船に向かってつぶやいていた。

「それほど大胆なことはできないね」耳もとでニコラスの声がして、彼女はとびあがった。

「どうしてまたそばに忍び寄って、びっくりさせるんですか？」

「前回については無罪を言い渡してもらいたいね。あのときっきみは歌と踊りに夢中になっていて、ぼくがタンクで乗り込んでも、気づかなかったはずだよ」

ニコラスが声をたてて笑ったので、彼女はなんと言っていいかわからず、「いつも法律用語を使ってお話しになるんですか？」ときいた。

「おそらく癖になってしまったんだね。しかし、きみも森林地帯の方言がときどき出るね」

「とんでもない！」ミランダはむっとして答えた。

「そうかな？　たたきあげの牧夫たちはどうなんだろう？」

「そうですね。牧夫たちの何人かをご存じだったら、おっしゃるとおり森林地帯の方言そのままです」

「ぼくは知っているんだ。ぼく自身がそうだったから」

「牧夫だったんですか？　かついでいらっしゃるのね」

「ほんとだよ。バーカルダインの近くの牧場で牧夫になったかもしれないんだ。どの職業につくか決める前に、金持のどら息子たちが牧場に入るのは、しゃれた暇つぶしなんだ」

「知ってますわ。仕事が決まると、さっと逃げ出して、あとには……」

「滞在中の落とし種を残して、かい？」

「ええ」ミランダは勇気を出して応じた。

「きみもその相手だった、というわけじゃないんだろう？」

「わたしは違いますわ。でも、よく知っている人がそうだったんです」

「だれ？」

「シャーリー・テイト」考えもせず名前を出して、ミランダは赤くなった。

「ぼくは彼女に会うこともなさそうだから、話してくれないか？」

しばらく黙っていたミランダが悲しそうに口を開いた。「シャーリーは自分からそれを求めたんです。でも、彼に去られて、ほんとうに気の毒でしたわ。家族もどうしていいかわからず、彼女は……森に行って、自分で赤ん坊を処理しました。彼女も死んでしまうところでしたわ」

「残りの人生を……その汚名をきせられて苦しまなくてすむといいね」ニコラスはこれまでにないほどまじめに言った。

ミランダは肩をすくめた。「憶測をする人は多いでしょうけど、ほんとうに知っているのはわたしと彼女の家族だけです」

「じゃ、きみに助けを求めてきたんだね？　彼女とは……それほど親しいとは思わなかったけど」

ミランダはまた肩をすくめた。「女性同士ですし、小さいころから知ってますから」と区切って、彼女は静かに続けた。「でも、シャーリーはそのことで何かを学んだとは思えないんです。わたしの言ってること、わかるでしょう？　彼女は自分が落ちこぼれで……男性に相手にされないわけではないことを示すために、ビル・ハートレイでなくても、彼女に声をかける男性の前には、もろいれんがのように崩れ落ちると思うんです」

「それはしかし、森林地帯だけの……転落物語じゃないね」

「それはそうですけど、どうしてそんなことをおっしゃるのですか？」

ニコラスはニューファーム岸壁のほうを眺めた。「ぼくの妹も同じ病気なんだ。妹はそれほど昔のことではないんだが、ひどい失恋をして、最近では近づく男性にだれにも受け入れられようと努めている」彼は口もとをゆがめていた。

「まあ、あなたの妹さんがそんな……信じられませんわ。シャーリーは――あまり賢くないんです。なんというのか、本能のままに行動するだけじゃないかって、ときどき思うんです。妹さんは……」

「世間知らずの小娘じゃないって言いたいの？　ところが、実際はそうとしか言いようがない。確かに自分の選んだ道ではそれなりに賢くやってるらしいんだが、ほかのことではシャーリー・テイトと同じで、うすぼんやりなんだ」

「何をしていらっしゃるんですか？」

「着るものや部屋の飾り立てにお金を使って、上流階級の生活をしていないときは、って意味かい？たいしたことはしていないね。彼女はジャーナリストで、嘱望もされていた。つまらない男に破滅させられるまではね」

「その人をほんとうに愛してらしたんですね？」

「冗談じゃないよ」ニコラスはがまんならないというようにそう吐き捨てると、立ちあがった。

「あなたは愛を信じていらっしゃらないんですか？」

「正直言って、そうだね。愛は存在するとしても、濫用されているね——毎日その実例を見せつけられる。妹のサラをだめにしたのが愛とすれば、それこそ……」


ニコラスは気むずかしい顔に変わっていた。ミランダは息をのみ、この人に望みのない恋をしてしまった女性には同情せずにはいられない、と思った。

〝それこそあなたは生き生きしてくるのね〟彼女は心の中でそうつぶやいていた。その瞬間、彼がまゆをつりあげ、何か問いただすように自分を見おろしているのに気づいて、びっくりした。

ミランダはあわてて口を開いた。「あら、なんでもないんです。わたしはただ、あなたが妹さんを助けるのにふさわしい人かどうか疑っていたんです。つまり、身近な人を助けるのはむずかしいだろう、と考えていただけなんです。そうでしょう？」

ニコラスはおかしそうな顔をし、ミランダの少し赤くなった顔に手を触れた。「きみがほんとうに考えていたことも、考えていたと言ってることも、そのとおりだよ。しかし、きみのようになんでも血なまぐさく考えたり、言ったりしてしまうと、面倒なことにならないかい？」

「今度はわたしをからかっていらっしゃるのね」ミランダはつっけんどんに言った。彼はもう手をポケットに引っ込めていたのに、まだその手の感触にこだわっていた。彼女は自分も彼のほおに触れたかった。「ブリスベーンに来るまでは、面倒なんか起こしたことはありませんわ」

なんとかそう言ったが、心の中では、どうしてこうも彼に影響されるのかと考えていた。シャツを脱いだ男性を見たことがないからとか、妹のようにほおを軽くたたかれたり、抱かれたりしたことがないからではなかった。どうしてこんな気持にさせられてしまうのだろう？　ミランダはちらと顔をあげて彼を見、すぐに視線を落とした。何かがさざ波のように――恐れなのだろうか？――心を震わせるのだった。

「何を考えているの、ミランダ？」

「さっきお話があるとおっしゃったのはなんのことかと思って」

「土曜日の夜、ディナーパーティをするんだけど、きみはほかの仕事があるの？」

「もう一つの仕事は月、水、日の午後二時から八時までです」

「マーシャル夫人からきみはそうしたこともできると聞いているんだけど、土曜日のパーティを世話してくれないかな？」

「何もかもですか？」

「買い物や料理で一日かかると思うけど、どうだろう？　もちろん、その間ここでくつろいでもらってもいい。ぼくは邪魔しないようにするよ」

「お客さまは何人で、お料理はどんなものを考えていらっしゃるんですか？」

「全部で八人。ぼくはメニューにはうるさくないけど、できれば三種類ぐらい用意してもらって、簡単なものでも味つけがよければいい」

「できると思いますわ。ライト家でやったことがありますから。それに、わたしがお手伝いさん然として見えないほうがよろしければ、公爵夫人ぐらいに見せることもできます」

ニコラスが妙に真剣な、それでいて謎《なぞ》のような目つきで見つめていたので、ミランダは身じろぎした。

「冗談です……」

「ぼくは笑っているわけじゃないよ。お手伝いさんみたいにはしてほしくないね。買い物のお金は給料の中に入れておいた。じゃ、また土曜の午後」

新しいドレスはお休みの金曜日に買いに行くことにしたが、ミランダはなぜかとつぜん、ニコラスが法廷を出たところで言った言葉、とりわけ、はち切れそうな胸、と彼女をからかっていたのを思い出した。

ふしぎなことに、ミランダも心の中では、あんなことを言ってもそれは男と女の目に見えない戦争がちょっと表に出たにすぎない、とわかっていた。女性にやられると、男性は女はほかに使い道がない、と仕返しをする。わたしの場合は、そのうえ酪農場から来たばかりのグラマーな乳しぼり女にさせられてしまったのだ。でもそれにしては、どうしてこうもこだわるのかしら?

「あんなことを言ったのが訴追人のほうだったら、わたしもそんなに気にしないわ。男尊女卑の典型として笑いとばしてやれるのに」ミランダはひとり言を言った。ニコラスが口に出してあれほどわたしを傷つけなければ、わたしもこんな気持にはならないのに……。だけど、どっちに言われたって同じことじゃない? 忘れましょう。

その晩、ミランダはパーティのメニューを考えながら、新しいドレスのことにもあれこれ思いをめぐらしていた。忘れようと言いながらも、すてきなドレスを着て、〝彼に見せつけてやる〟という気持を抑えることができない。

メニューについては、メインはローストポークにすることにした。口に入れると溶けるように肉を焼き、それにぱりぱりにあげたポテトチップスを添えるのだ。スープはライト夫人が好きだったヴィシソワーズにしよう。冷たいから暑苦しいときにはぴったりだ。

デザートはチーズケーキにするか、パブロヴァにするか迷ったが、ライト夫人も誉《ほ》めてくれた得意なパブロヴァに決めた。大きく軽いパブロヴァに、冷たいフルーツサラダとクリームを入れ、キーウイで飾りつけよう。

次の朝、ミランダは店が開き始めたばかりのクイーンストリートを歩きながら、自分自身に言い聞かせていた。まず片づけるべきことから片づけようっと。破産しない範囲で最高のドレスを見つけなきゃならないわ。

シンプルで美しいデザインのそのドレスが目にとまったとき、彼女はこれだと思った。パーティに着て行きたいという感じではないのだが、それにもかかわらずエレガントだ。

女店員も、「あなたにぴったりですわ。控えめでも、はでではありませんしね。きれいに日焼けしていらっしゃるから、お似合いですよ。黄金海岸《ゴールドコースト》によくおいでになるんですね」と受け合ってくれた。

黄金海岸は車で四十五分のところにある上流階級の保養地だ。ところが、ミランダが肌を焼くのはスプリングヒルにある水浴び場だ。もっとも、その水浴び場はとても都心とは思えないほど閑静で、ゴルフコースが見渡せ、彼女の住居からは歩いて四、五分で行ける。

ミランダは商札を見たうえ、クリーム色のそのドレスを試着し、鏡に映してみた。ボディスはぴったりし、スカートはAラインになっている。彼女は円いネックラインと斜めにカットしてある肩口をなでてみた。胸もとも形がよく、それほどむき出しになる感じではないし、ウエストはほっそり見える。

「いいわ」ミランダは声に出した。

「生地も裁断もよいものですから、安くはありませんが、長い目で見れば、それだけの値打ちがありましてよ。ブレザーと合わせたり、しゃれた絹のスカーフやネックレス、ブローチをおつけになって、ベルトの色を変えたりなされば、いろんな機会にお召しになれますわ」

「これ、いただきます」

「何か緑色のものをお使いになるといいですわね。目の色と合いますから」女店員のその言葉で、ミランダは一番大切にしている母親譲りのネックレスを思いついた。

彼女は鏡を見て、「髪は切ったほうがいいかしら？」ときいた。

「いいえ、そのままできれいですし、いい感じじゃないかしら」

「でも、わたし、切りますわ」

家に帰ったミランダは疲れていたが、気分は浮き浮きしていた。鏡を前に美容院で手入れしてもらった新しい髪型を眺めた。彼女は母親がそうだったようにいつもは自分で髪をカットするのだが、髪がもともと波打っているので、手ぎわの悪さはカバーされていた。それほど短くしたわけではないので、前と変わらない感じがするが、指を通してみると、しっくり流れるように落ち着くのが違っていた。頭を振って髪を揺らしてみても同じだ。

土曜日はよい天気だった。ミランダは早起きし、新しいドレスや下着類、それにピナフォアのエプロンをバッグに詰めて出かけた。

途中で買い物をし、ニコラスのマンションに着くと、初めにヴィシソワーズを作り、それからパブロヴァにかかった。パブロヴァが固まる間にフルーツサラダを作り、クッキングシェリーをかけて冷蔵庫に入れる。それから掃除をすませ、テーブルクロスも変えたが、そのとき、ニコラスがメモを残しているのを見つけた。〈六時までには帰る。客が来るのは七時、食事は八時からにしたい〉と書いてあった。

二時半には準備は何もかも整っていた。アップルソースはできたし、野菜も出すばかりだ。部屋もきれいになったし、花も生けた。ローストポークはオーブンに入れるだけだ。

「さて、あとはテーブルをセットして、ナッツとオリーブを出せばいいわ。それはあとにして、そうだわ、ニコラスはくつろいでもいいと言っていたから……」

ミランダは意気揚々と書斎に入り、〝嵐が丘〟を手に大きな椅子に腰をおろした。何年か前にその小説は母と一緒に読んだことがあるのだが、そのときはよくわからなかった。母が、大きくなったらもう一度読んでみるといい、とすすめた本だ。

いつの間にか四時になっていた。ミランダはヨークシャーの荒れ地とアーン・ショウ一家の世界から現実に戻り、背伸びをした。肉をオーブンに入れ、その間にシャワーを浴び、着替えることにした。

「静かすぎるわ」彼女はそうつぶやき、シャワーを浴びながら聞こうと客用寝室のラジオをひねった。だが、放送はどれも競馬の実況かコマーシャル、あるいはクリケットの解説だ。

ミランダはラジオを切った。しばらくあごをあげて突っ立っていたが、「どうせ彼は六時にしか帰って来ないんだわ」と大きな声を出し、居間に駆け込んで、マホガニーの壁にはめ込みになっているステレオを引き出した。

実家にあるプレイヤーと仕組みは変わらないようだが、彼女は何か悪いことをしているような気がして、ためらっていた。しかし、レコードを繰っていると、もうとまらなかった。

ミランダの家族はみんな音楽が好きだ。兄弟たちはそれぞれドラムに夢中になった時期があるし、いまはギターをかき鳴らしている。母のピアノは五人の子供たちのけいこにたえて、鍵盤《けんばん》が黄色くなっていたが、ある程度の域に達したのはミランダだけだ。もっとも、うまく弾ける曲はシュトラウスのワルツ、軍隊行進曲、それにエリーゼのための数曲に限られていた。父親がプレイヤーを買ってくれてからは、みんなでレコードを集めたものだ。

ニコラスのレコードの収集を見て、ミランダはため息をついた。モーツアルト、ベートーベン、ラフマニノフ、グリーグ……となんでもそろっている。ビリー・ジョエルやエルトン・ジョン、それにドン・マクリーンもあり、彼女はどれも好きだったが、なんといってもクラシックが一番だ。

ミランダはレコードを繰る手をとめて、目を閉じた。「かけようかしら？　そう、かけてしまおう。がまんならないわ」彼女は目を開けた。レコードはアイネ・クライネ・ナハトムジークだ。カバーにモーツアルトの大理石の胸像が描いてある。慎重にレコードをターンテーブルにのせ、針を置いた。美しい音楽が流れ始める。空気を乱さないように彼女はそっと立ちあがり、曲の調べにただようようにしてキッチンに入ると、クッキングシェリーをグラスに注いだ。それを手に浴室に行き、ドアを開けたままモーツアルトに聞きほれながら裸になった。スピーカーがすばらしいので、音は部屋中に響き、生き生きしている。

シャワーを浴びていると、とつぜん静かになった。

ミランダは次の楽章に移る前の休止だろうと思い、シャワーをとめた。すると、鋭く息を吸い込むような音がしたので振り向いた。

ミランダはまばたきし、息をのんだ。ニコラス・バーレットが怒りをあらわにして立っていたのだ。

4

一瞬のことだったのだが、ミランダは長い間そこに凍りついたように突っ立っている感じがした。

「まあ、どうしよう！」手の届くところにはタオルもないので、彼女はシャワーにとび込んだ。

「いったい何をしているんだ？」ニコラスが近づいて来た。

ミランダはシャワーのカーテンで体をくるんだ。

「……レコードをかけていたんです」

「言われなくても、それはわかっている」皮肉っぽい調子だ。

ニコラスは濡《ぬ》れたデニムの半ズボンをはき、髪が乱れていた。ヨットに乗るかしていたのだろう、と彼女は関係のないことをふっと考えた。

「すみません。ステレオを使ってもいいか、うかがわなければいけなかったんですけど……。タオルを取っていただけますか？」そう言って、ミランダは見まわしたが、タオルは一つもない。かけてあったのは洗濯して、新しいのを出す予定だったのだ。

「リネンの戸棚に入っていますから」ニコラスの視線にさらされて、彼女は熱くなったり冷たくなったりしながら、化粧台の上にあるシェリーのグラスに彼が気づかなければいいが、と考えていた。

彼女のその気持を読んだかのように、ニコラスはグラスを取りあげ、匂いをかいだ。

「シェリー？」

「ええ、でもクッキングシェリーなんです」

「おやおや。スミス嬢も人生を楽しむことにしたんだね？　羽を伸ばすことにした。何杯飲んだの？」

「一杯だけですわ。それも一口だけですから、酔っぱらってなんかいません。そのつもりもありませんでしたわ」

ニコラスがあざ笑っているように見えて、彼女はますますいきりたった。

「いけないいんですか？　シェリーの一杯ぐらい……どうしてそんな気になったのか、わかりません！　料金はわたしのお給料から引いてください。レコードやプレイヤーをこわしたんでしたら、それも引いてくださってけっこうです」ミランダはニコラスが訴追人に言った言葉を鮮明に思い出し、それがとげのように刺さるのを覚えた。「いつものように偉そうになさらないほうがいいわ、バーレットさん。いばっていらっしゃると、パーティのお料理はご自分で作ることになりますわよ！」

彼は何か考えごとをしているように、うわの空でミランダを見おろしていた。彼女はつまらないことを言ってしまったと後悔した。

ニコラスはゆっくり手を伸ばし、彼女の手からカーテンを引きはがした。

「な……何をなさるんですか？」ミランダはあわてて手で胸を押さえた。全身が赤くなる感じだ。

「ちょっと羽を伸ばそうと思ってね。いやかい？」

相変わらず皮肉っぽい顔つきだ。

ミランダはこぶしを握り締め、抵抗しようとした。だがすぐに、初めてこのマンションを訪れたとき、簡単に抵抗を封じられたのを思い出した。

「それでいい。こんなに美しい体に傷をつけたくはないからね」ニコラスはそう言って、指で彼女の首筋をなでながら、濡れた髪をうしろへやった。

彼に触れられて、ミランダは体の芯《しん》が震えたが、表には出さなかった。彼の手は下へと動き、やさしく胸に触れた。ミランダは息苦しくなっていた。びっくりして赤くなっている彼女の顔を、ニコラスは口もとに冷ややかな笑みを浮かべて見つめている。

ミランダは恥ずかしくなり、それと同時に頭も混乱して顔を伏せた。彼は気安く挑発してはならない男性なのだ。

彼女はうろたえ、あとずさったが、よろけてしまった。その腰を支えて、ニコラスがおだやかに言った。

「きみの速記の能力はわからないけど、料理の腕は間もなくわかるだろう。だけど、きみは仕事を間違えたようだね。きみに向いてることが一つあるよ」

残酷なその言い方に、ミランダは目を閉じ、頭をたれた。ウエストから腰へと移る手の動きで、彼が笑っているのがわかっていた。しかしそのために、彼女は全身を襲っているなんとも言えない奇妙でうずうずする気だるさを払いのけることができた。

「わかりました。これは自分から求めた仕事ですから、怒ったりしてはいけませんでした。ごめんなさい」ミランダは小声で言った。

ニコラスは手を離した。「それでいい。きみが騒音で近所を悩ませたり、酔っぱらったりしなければ、レコードをかけても、はしゃぎたくなるお酒を飲んでも反対はしない。毒を食らわば皿までのつもりなら、もっといい酒にするといい。酒棚にクリームシェリーがあるから、待ってなさい」

ミランダが根が生えたように突っ立っていると、彼はすぐ戻って来て、「これをやってごらん」とシェリーのグラスと柔らかなタオルを手渡した。「こっちのほうがずっといいと保証するよ。ところで、もうおいしそうな匂いがしてるようだね」

着替えをすませたころには、ミランダも少しは元気を取り戻していた。自分自身がまずいことをしたのが原因とはいえ、ニコラスにはひどい目にあわされた、と感ずるほどになっていた。まして、彼に触れられて、まぎれもなく体が反応したことを考えると、歯ぎしりせざるを得ない。

「どうして大理石の像のように平然と突っ立っていることができなかったの？」彼女は髪を整え、母から譲り受けた海緑色のネックレスをつけながら、つぶやいた。ネックレスはビーズの一つ一つが花びらのように彫ってあり、ドレスにぴったりだ。全体としても悪い印象ではない。髪はつやつやとして、目も緑色の火のように輝いている。

しかし、いくら美しく装っても、ニコラスの前に出ればちぢこまり、死んでしまいたくなるに違いなかった。どうしてかしら？　それより、なぜ彼は二時間も早く帰って来たのだろう？

ミランダはテーブルをセットしていたが、彼が現れても、視線を合わせようとはしなかった。

「おいおい、知らん顔をしないでくれよ、ミランダ」彼女がちらと見ると、ニコラスはにやりとした。

彼もシャワーを浴び、ぴったりした灰色のズボンをはき、黒いシャツのボタンをかけているところだった。

彼はテーブルをまわって来て、ミランダのあごに手をやって顔をあげさせた。「そんなふうにしてると、みんなぼくがきみにとんでもないことをしたように想像するぞ。ぼくたち二人とも少し……かんしゃく持ちだってことかな」

「わかりました。ですけど、邪魔をしないでくださいません？　今夜はわたしがどんなにうまくできるか、わたしが得意なことの一つをあなたにお見せしたいんです。でも、それは……それは……」

「わかっている。最後まで言う必要はないよ。それより、ディナーの呼び物《ピエスドレジスタンス》になるワインを選ぶのを手伝おうか？」

ミランダは肩をすくめた。「どうぞ。ライト家のご主人もよくそうしていらしたわ。通でしたから。わたしはワインのことはあまりよくわかりません」

「じゃ、教えてあげよう」ニコラスは彼女の手を取った。

ミランダは彼がそばにいるのを意識し、変な気分になっていた。アフターシェイブローションのかすかな匂いがする。握られている手はまるで軽かったが、腕は重く、脈は速い。彼が口もとをゆがめているところを見ると、わたしのそんな気持を察しているのだろう。わたしがもっとうぶだったら、彼はわたしにつきまとっているのだと考えるところだが、そんなことがあるはずはない！　いまはワインの話をしているのだ。

彼女は手を離し、軽く応じた。「いいわ。用意をいたせ、マクダフ、ですわね。母がよくシェイクスピアを読んでくれたんです」ニコラスがちょっとびっくりしているのを見て、彼女はつけ加えた。「わたしが生まれたとき、母は〝テンペスト〟を読んでいましたから、わたしはミランダと名づけられたんです」

それにしても、音楽や絵画や文学を楽しむ人間は都会にしかいない、とニコラスは考えているのだろうか？

「妊娠しているときに読むにはふさわしい本だね。しかし、お母さんが〝嵐が丘〟を読んでいたら、もっと平凡なキャシーという名前になったのにね」

ミランダは赤くなり、唇をかんだ。きょうはついてないんだわ。いらいらが高まった。

「あなたのお母さまが〝嵐が丘〟を読んでらしたら、あなたはヒースクリフという名前をつけられたかもしれませんわね――ミランダよりずっと不運な運命をたどることになりますわ」

ニコラスは声をたてて笑った。「そりゃあいい！しかし、ちっともありがたくないね」

「あなたは立派なヒースクリフになれますわ」ミランダは無邪気そうに言った。

彼は目を細め、にが虫をかみつぶしたような顔を向けた。「参ったよ《トゥシェ》。都会のジャングルにようこそだね、ミランダ。きみは覚えが早い。しかし、あまり無理しないほうがいい。さて、ワインを選ぼうか?」

スープをテーブルに出したとき、ミランダはお客さまに紹介された。ニコラスの妹のサラはうっとりするようなブルネットで、表面的には身持ちが悪いようにはとても見えなかった。残る六人のうち、一組は赤ちゃんを連れて来ていたが、赤ちゃんは携帯ベッドに入れられ、客間ですやすや眠っている。もう一組は容姿のよい中年の夫婦で、あとは独身らしい男性と女性だった。

料理のできばえを誉《ほ》められながらパブロヴァを出したころには、ミランダはその男性がサラの連れであること、赤毛のエレガントでクールな女性はニコラスとごく親しい間柄らしいことに気づいていた。

ミランダがキッチンに戻ると、客たちの会話が聞こえてきた。

「驚いたわ! あの人、お料理ができるの! ミランダといいましたっけ?――どこで見つけて来たの、ニック?」サラが兄にきいている声だ。

「向こうから現れたんだ。サマンサ、料理についてはきみも同感かな?」

サマンサ――赤毛で気取った女性の名前だ。返事する声はハスキーだ。

「……パブロヴァはほんとにおいしいわ、ニック、ダーリン。宝物の料理人を見つけたのね。どうしてわたしのほうが先にあの娘《こ》とめぐり合わなかったのかしら?」

ミランダはニコラスの浴室のドアにかかっていた金色のシフォンのネグリジェを思い出した。あのネグリジェはサマンサのものに違いない。

ミランダは果物とチーズを用意し、コーヒーのパーコレーターと一緒にワゴンにのせてダイニングルームに運んだ。

サマンサは美しくマニキュアをした手をテーブルの上のニコラスの手に重ね、なれなれしく彼にほほ笑みかけている。

キッチンに引っ込んだミランダは静かにドアを閉めて寄りかかったが、心臓は太鼓のようにどんどんと音をたてていた。しかし、やがて意を決したように皿洗いに取りかかった。

「長い一日になりそう。早く家に帰ってやすまなくっちゃ」

ミランダの思いはそれから二、三日ぐるぐるまわっているだけだった。日曜日には持ち帰り用の軽食堂で何度も注文を取り違える始末で、ついに主人がどうしたのだと声を荒らげた。

「なんでもありません。聞いていなかったんです」

「いいかい、ちゃんと聞くんだ。まず聞き取るようにしなきゃだめじゃないか！　お客さんがみんなぶつぶつ言っているんだぜ」

月曜日の速記のクラスでも同じだった。

「読み返してください、スミスさん」と教師に言われたが、ミランダは自分のノートが意味もなくなぐり書きされているのを見て、びっくりした。

「ええと……」

「橋の建設のセメントの仕様書のところよ」教師が補ってくれた。

「はい、セメントは……。すみません、気を取られていたものですから」

家に帰ったミランダは疲れ切ったようにどさりと教科書をテーブルに置き、紅茶を入れた。微風が吹き、ブリスベーン特有の湿度の高い真夏の夜をしのぎやすくしている。彼女はアームチェアを窓ぎわに寄せ、風に当たった。静かな夜だった。

こんなふうにしているわけにはいかないわ。でも、どうすればいいのかしら？　たかが一人の男性じゃないの？　しかも、憎しみしか感じない男性なのよ。

浴室で裸のまま突っ立っていたことを忘れられるだろうか？　そのあとのこともよ。

「そのあとのことが問題なんだわ」ミランダは大きな声を出していた。「信じられないことだけど、ミランダ、あなたは法廷弁護士、ニコラス・バーレットに少しひかれているわ」彼女はいらだたしげに立ちあがった。「わかったわ！　そうだったらなんだって言うの？　彼はすごく魅力的な男性だもの。だけど、だからといって好ましい男性とは言えないわ」

そうかしら？　わたしについて言ったことや、浴室でのことがなかったとしたら、彼を嫌いと言える？　これまでに会った人の中では精神的にも一番刺激を受ける男性ではないのかしら？　とにかく、彼に魅力を感じているってことではないの？

ミランダはまた腰をおろした。しかし、精神的にも肉体的にも魅力的だったとしても、彼が期待に応《こた》えてくれると考えるのは、ばかげたことだわ。そうでしょう？　肉体的にはともかく、気持のうえではわたしを振り向いてくれるわけがないわ。

ミランダはため息をつき、天井を見た。とつぜん田舎の父や兄弟たちが懐かしくてたまらなくなっていた。だれか打ち明ける相手がほしい！　家族と一緒にいれば——どんなに救われることか。ビル・ハートレイのことを思った。彼は深い愛情でわたしを包んでくれた。彼といると、こんなに落ち着かない気分になることは一度もなかった。彼がわたしを愛していることはわかっている。わたしも——ある意味では——彼を愛している。この落ち着きのなさを払いのけることができたら、彼のもとへ帰ろう。ミランダの心の奥底でかすかに動くものがあった。

しかし、もしそうなら、どうしてこんなに混乱しているのだろう？　数年前ビルがわたしのことをかまってくれないと感じて、獣医と〝恋〟をしたときと同じように、どうしてニコラス・バーレットとのことを笑いとばしてしまえないのかしら？　牧師のときもそうだった。気に入られていると思って、せっせと教会に通ったものだが、八歳から八十歳までの教区の女性がみんなそう思っていることがわかって、やめてしまったものだ。

でも、それとこれとは違うわ。ミランダはまじめな顔になって考えた。わたしの存在に気づいてもいない牧師に恋を夢見ることと、ニコラスのそばにいることとは違うのだ……。

ミランダは目を閉じた。ビルにたいしてどうしたら同じような感じになることができるのかしら？　これまでは若気のあやまちとか娘心のあこがれとして片づけようとしてきたのだが、今度のように自分のことを見つめ直したことはなかった。ママ、ママがいてくれたらいいのに！

ふしぎなことに、母のことを考えると、彼女は気分が落ち着いた。想像のしすぎよ。わたしは何もないところに城を建てているんだわ。たぶんニコラスは、これまでに出会ったまずまずの女性にはみんな同じようにしているのだろう。彼の第二の天性なのだろうが、わたしは大都会にやって来たばかりだし、ほかの人たちよりナイーブだから、いっそう影響を受けてしまうんだわ。

「それはそれ！」ミランダは大声をあげ、もう自己分析はやめよう、とやすむ支度をした。

5

その後二週間で、ミランダの奇妙な空想や思い込みはだいぶおさまった。彼のマンションにいるのは危険なゲームをしていることにならないかという不安もいくらか消えてきた。彼からもらった連絡は料理がすばらしかったと書いたメモだけだった。机の上の本に添えてあったメモには追伸があった。〈まだ読み終えていないのだったら、家に持って帰ってお読みなさい〉本は〝嵐が丘〟だった。

ミランダは顔をしかめたが、結局、借りて帰ることにした。

ディナーパーティから三週間後の木曜の朝、ミランダがニコラスのマンションで仕事をしていると、マーシャル夫人から電話がかかった。

あいさつを交わしているうちに、夫人が切り出した。「わたくし、あなたに許してほしいことがあるの」

「なんですか？」

「バーレットさんが法廷でのことを話してくれたことがあったので、面接に見えたとき、あなたのことはすぐわかったのよ」

「バーレットさんがわたしのことをお話しになったんですか？」

「そうよ。わたくしにがまんならないのは、ひとりよがりの尊大なお偉方なの」

「でも……でも……どうして？」

「わたくしも田舎娘だったからよ。それがわかると、目に見えないけど、何かレッテルをつけて歩いているようなものなのね。だから、わたくし、あなたにかけてみたの。あなたはバーレットさんが考えているような人ではないってことを見せてやりたくて。うまくいったわ。バーレットさんはやたらに誉《ほ》めるような人ではないのに、あなたを雇ってとても喜んでいるし、ひとりよがりに決めつけていないからよ、あなたが……」

「ボインのブッシュマンだってですか？」

「そのとおりよ」二人は声をたてて笑った。「ところで、お仕事の話に戻りますけど、ミランダ、来週の金曜日はサラのお誕生日なの。パーティを開いてびっくりさせようって計画があるんだけど、バーレットさんがあなたに手伝ってほしいんですって」

「何人ぐらいで、どんなお料理がご希望なんでしょう？」

「サマンサ・セイモアのアイデアらしいのよ」マーシャル夫人の声がちょっと変わった。「あの方にご相談なさったら？　全部任されているはずよ」

マーシャル夫人はサマンサが嫌いらしい。それはわたしの想像かしら？　とミランダは思った。

「そうしてみます」

「それじゃあ、わたくしから、土曜日にそのマンションに行ってあなたに会うよう、サマンサに伝えましょうか？」

「お願いします。それから、ありがとうございました、わたしにかけていただいて」

「どういたしまして、ミランダ……」


土曜日の朝、ミランダはニコラスのマンションの居間でサマンサと向かい合って座っていた。サマンサは思っていたよりも若かった。カーキ色のスリットの入ったスカートときんぽうげのように黄色いブラウスで決めているが、それほどエレガントといった感じではない。おそらく赤毛の髪をあまり手入れしてないからであろう。

サマンサは気さくににっこりした。「死にたいくらいコーヒーがほしいわ。朝起きてから大あわてだったの」

ミランダは立ちあがった。「わたしも飲みたいと思っていたところなんです。すぐ入れて来ますわ」

だが、サマンサはキッチンまでついて来た。「あなたはこのマンションをいつもきちんと片づけているのね。ニックがここをやめてもいいと言ったら、いつでもわたしのところにいらっしゃい」

ミランダは心の中で肩をすくめ、情けなさそうに笑って、話題を変えた。「パーティは何人ぐらいを考えていらっしゃるんですか、セイモアさん？」

「五十人よ」

「五、五十人もですって？」

「そのくらいだとパーティも楽しくなるわ。ここの居間一部屋だけで、あなたのところ全体ぐらいの広さがあるんじゃない？　ビュッフェにして、あとはバースデイケーキとスナックがあればいいと思うの」

「ずいぶん準備に手間がかかりますわね。それに、わたしはケーキのデコレーションをするのは得意じゃないんです。でも」ミランダは決心して言葉を継いだ。「あとはやります。バースデイケーキはお菓子屋さんに注文してくださいません？」

サマンサはうなずき、ややためらいながら言った。「お料理は特別なものにしてくださる？　わたしがメニューを作ってもいいけど」

ミランダは肩をすくめた。「よろしかったらどうぞ。ですけど、わたしはチキンとかポテトチップスなんかのようにお祭り騒ぎのような食べ物にはしたくありません。それから、お皿やグラスなんですけど、足りるでしょうか？」

「それはわたしが持って来るわ。もう一つ……わたし、考えていることがあるの。うちにお手伝いさんの制服があるのよ。ご存じでしょう、白いエプロンと帽子のついた黒いドレス。あなたは着るものの心配をしなくてすむし、そのほうがふさわしいと思うんだけど」

わたしはそうは思いません、とミランダは胸のうちで反発したが、おだやかに答えていた。「わたしの着るものまで心配してくださって、ありがとうございます、セイモアさん。でも、上流階級と下流階級みたいになると落ち着きませんから」

「あら、どうしましょう！」サマンサは細く描いたまゆをつりあげた。「そんなつもりで言ったんじゃないのよ、ミランダ。それじゃあ、ご自分のしたいようになさって」

「そんなつもりでおっしゃったのでないことはわかっていますわ。ほかに何かございますか？」

「いいえ」サマンサは腕時計を見た。「あら大変！時間はすぐたってしまうわ！　みんなお任せするわ、ミランダ。困ったことがあったら、お電話してね。コーヒーも飲まずに、ごめんなさい……」サマンサはとび出して行った。

マーシャル夫人が彼女を嫌いだとしても、無理もないわ。ミランダは唇をかんだ。お手伝いさんの制服は自分で着ればいいのよ。彼女なんか経験したこともないようなすてきなパーティにしてみせるんだから！

パーティの前日、ミランダはその日一日を事前の準備にあてることにしたのだが、なぜか不安だった。サマンサからはなんの連絡もないし、ニコラスも経費はすべて彼のつけにするようにというメモを残してくれただけだった。

「パーティの前に一度は彼と話をする必要があるのに」

ミランダはそうつぶやきながら、四十五号室のドアを開けた。すると内側のドアが開いたので、とびあがるほどびっくりした。

「どなた？」

「だれだと思う？」低い皮肉っぽい声だ。

「まあ、バーレットさん！　びっくりしましたわ！　ちょうど、あなたのことを考えていたんです」

ニコラスは壁に寄りかかったまま答えた。「偶然の一致だね、ミランダ。ぼくもきみのことを考えていた」

ミランダは息をのみ、めまいすら覚えた。彼に最後に会ってからわずか一カ月しかたっていないのに、シンプソン砂漠にいてのどがかわき切り、泉にとび込みたいような状態だった。二人の視線が合うと、彼女は顔を伏せた。しかし、まぶたにははっきり彼の印象が焼きつけられている。額にかかる黒い髪、知的で彫刻のような風貌《ふうぼう》、均整の取れた美しい体つきのすべてがぐさりと心に突き刺さっていた。

ミランダは顔をあげた。そしてニコラスの様子が普通でないのに気づき、顔をしかめた。ブルーの絹のシャツにあつらえのダークスーツを着ているのだが、ネクタイをゆるめ、髪も乱れている。ミランダを見る目つきもとろんとして、彼女を思い出そうとしているかのようだ。

「だいじょうぶですか？　少し様子が……」

ニコラスは背筋を伸ばし、まゆをあげた。「ミランダ、ベッドへ行こう。ぼくたちは二人とも求めている」彼は手を伸ばし、彼女のブレスレットをさわっている。

ミランダはきっと口を結び、玄関のホールを見まわした。それから唇をなめて言った。「そんなことできませんわ、バーレットさん」その声はかすれていてあいまいだ。自分の言ったことがうつろに響き、彼女は冷や汗をかいて、はっきりだめと言えばよかったと思った。「わたしをびっくりさせようとしていらっしゃるのね」

「そんなことないよ、ミランダ」

ニコラスの声はうわの空のように聞こえたが、目つきが真剣だったので、彼女はひざが震え、熱くなったり冷たくなったりしていた。

「ぼくはいい加減なことは言わない。ずっときみと寝たかったんだ」

彼はブレスレットを引っ張った。ミランダはあがった。すると、彼はつかんでいた手を離して近づいて来た。

彼女はあとずさったが、うしろにはドアがあって動けない。ニコラスの真剣だった目がおもしろがってきらきら光り、今度は彼女の両肩に手を置いた。

「だめ、だめよ、お願い！」

「ミランダ、いいかい。こういうことはいろいろ取りつくろうこともできるし、ばかな遊びにすることもできる。ほとんど意味がなくなったような言葉で表すこともできる。そして、現実的に対処することもできるんだ――ぼくがいま、してるようにね。ぼくはきみがほしくなった。きみを浴室で見てからというもの……」

ミランダは彼の手の下で震えていた。ニコラスは続けた。

「そう、簡単なことなんだ。うまくすれば、きみはあのときぼくに抱かれていた」

ミランダは目を閉じ、必死で考えていた。「どうしてわたしが？　わたしはあなたの好きなタイプではない、と思っていましたわ」

「いまはぼくのタイプだ。あのとき、ぼくがしようとしたことをきみは拒みはしなかった」

ミランダはうなだれた。みじめだった。「わたしにはわかりません。でも、そんなことできません」

「なぜ？　きみが考えているより早く、いずれほかの男性とそうなるんだよ。きみはだれにも気づかれずに咲いているエキゾチックな花みたいだ。ちょっと助けてあげれば、きみがすでに歩み始めた道を進んで、どこにだって行ける。自分の胸に秘めている夢を全部認めて、現実のものにするんだよ」

「自分の力だけではできないとおっしゃるんですか？」

「あるいはね。しかし、ぼくの言うとおりにして夢を果たすほうが手っ取り早いし、ずっとおもしろい」

麻痺《まひ》したようなミランダの感覚の内側で何かが動いた。彼の手に触れられている肌が陶酔に震えているのに、その何かが働き、たゆたうような彼女を引き戻した。

ミランダの目は大きく見開かれている。「わたしと取り引きしようとしていらっしゃるのね？」

「そんなふうには言いたくない……」

「同じことですわ。わたしの体を何週間か自由にさせれば、あなたの世界に入れてあげようってわけでしょう。一つ教えてくださる？」ミランダは肩から下におりた彼の腕の中でかたくなになっていた。

「わたしに用がなくなったら、今度はどんなレッテルをわたしに貼《は》るおつもり？　花嫁学校卒業とか――セコハン、ただし調教よし、というのはいかが？　そうすれば、わたしは草原から出していただけるんですね？」

ミランダがなぜそんなことを言ったのか、はたと思いついて、ニコラスは眉をしかめた。彼女は歯をむき出して続けた。

「そう、あなたと訴追人の会話を全部聞いたんです。あのときは、わたしはあなたのタイプじゃないって言い方でしたわね？　いまでもタイプじゃありませんわ。きっとあなたがたがおっしゃるとおりで、わたしは田舎出のぼんやりかもしれません。でも、わたしはそれで通すつもりです。ちょっとした気晴らしのためなら、ほかをお探しなさい……あなたなんか、猫かぶりの見本だわ！」

「ミランダ……」

「ミランダなんて呼ばないでください。わたしはそれほど一人ぼっちでも自暴自棄でもありません。いまの自分が気に入っています。ですから、ご親切は感謝しますが、ベッドに行こうなんて、お断りです。いやです！」ミランダの目からは涙があふれ出ていた。

「きみの気持を初めて聞いたね。だけど、魚売りみたいに、そんなに泣き叫ぶことはない」ニコラスは冷ややかに応じた。

「まあ！」ミランダはあえぎ、満身の力で彼の手を振りほどくと、彼のほおに平手打ちを食わせていた。

ニコラスは微動だにしなかった。だが、目つきは変わっていた。

「目には目を、という言い方があるんだが、ミランダ、文学好きなきみは聖書を読んだことがあるかい？」

「もちろん。いえ、ないわ」ミランダは抱きとめられ、身動きできなかった。一瞬のちには彼が顔を近づけてきた。その目はあざ笑うように光っている。

激しくも残酷なキスだった。ミランダはまるで骨なしのように抵抗もできず、打ちひしがれた。だが、彼の圧倒的な力の前に屈し、体を預けてしまうと、全身が気だるい恍惚《こうこつ》感に包まれ、押しつけられている彼の筋肉のたくましさと酔わせるような唇の感触しか感じなくなっていた。捕らえられ、解き放たれるのを待ち望む気分に浸っていたのだ。

ニコラスが顔をあげ、二人の瞳が合った。彼の目は考え深く、ミランダの開いた唇に注がれ、彼女の目は大きく不安そうで、涙にうるんでいた。

「もし取り引きだとしたら、ミランダ……なんてこった！　そんな目つきをしないでくれ！　たかがキスをしただけじゃないか」

ミランダはあやつり人形のようにうなずいた。

「もちろんそうです。わたし……わたし、もう帰ります」

「どこへ？」

「う、うちにです」彼女はくるりと背を向け、ドアを抜け出していた。

自分の借間に帰るまでの道筋は悪夢のようだった。すっかり消耗して、部屋に着いたとたんどたりとアームチェアに体を沈め、はっきり考えることもできずにいた。ただ二つのこと、希望をくじかれ、仕事を失ったということだけが頭にがんがん響いていた。

「いえ、そんなことはないわ、ミランダ」呼吸が落ち着くと、彼女はいらだたしげに立ちあがった。「失職はしたかもしれないけど、希望まで失ってはいないわ。かりそめの空想にすぎなかったんだから」

だが、涙が吹き出してきて、彼女はベッドに体を投げ出し、枕を濡《ぬ》らしていた。

ノックの音はミランダには聞こえなかった。ドアが開いたので彼女は上体を起こした。ニコラスが入って来て部屋を見まわし、涙に濡れて赤くなっている彼女の顔に目をとめた。

この部屋はどんなにみすぼらしくニコラスの目に映るだろうかと意識し、ミランダは深く息を吸った。浴室のドアは開いていて、下着がぶらさがっているのが見える。だらしがなかった。彼女はハンカチを取り出して鼻をかんだ。

ベッドをおりながら、ミランダはつぶやいた。

「パーティのことが心配なんですね」

ニコラスは手をポケットに突っ込み、窓ぎわに歩み寄った。「パーティなんかどうでもいい。きみに話があるんだ。説明をしな……」

彼の真剣なまなざしを感じて、ミランダはひるんだ。「その必要はありませんわ。盗み聞きをして、自分のことがよく言われたためしはないって言いますもの。法廷にいた人たちはみんな、あなたと同じように感じていましたわ」

「早まってあんなふうにきみのことを決めつけるんじゃなかったと思っている。申しわけない。だが、それだけじゃないんだ」

ミランダは謝ってもらいたくはなかった。「忘れてしまいましょう」

「そうは思わない。きみがマンションに来たとき、ぼくはおかしな気分だった。弁護することになっていた殺人犯が首を吊《つ》って自殺したと聞いたばかりだったんだ。状況証拠があるだけで、その殺人犯が主張するように、ぼくも無罪だと思っていた。絶望と裁判への不信から自殺せざるを得なかったんだ。きみは悪いところへやって来た。そうでなければ、ぼくはほかへ欲求不満をぶちまけていた」

ミランダはまばたきをした。「わたし……知りませんでしたわ。お気の毒です」

「だからといって、それは言い訳にはならない。ぼくは、サラやマーシャル夫人が言うように、気分屋なんだ。レッテルが必要なのはぼくのほうだね——ご用心！　かみつきます、てのはどう？」

「神経過敏性だって、マーシャル夫人はおっしゃっていましたわ」

「あの人はぼくの良心の声でね」

「それで説明がつきますわ」

「そうかな？」

「違いますか？」

「そうは思わないね。そんな気分だったから、ぼくはきみには受け入れられないエゴに走ろうとした。即決裁判の日にきみが聞いたことを考えれば、きみが応じられないのはなおさらだ。だけど、ぼくたちがおたがいにひかれているという事実は変わらない。その事実をかくすことはできない。そうだろう？」

ニコラスが気むずかしい顔でじっと見つめているのを見て、ミランダは身震いした。被告人席にいるような気がする。この目つきで見られて、彼女は法廷でずたずたにされ、なぜか無防備になったような気がしたのだ。

「そうですね」彼女は言葉を選び選び答えていた。「でも、確かめてみなければなりませんわ。陰口を聞いたからではなくて——陰口にはがまんできますけど。やはり、わたしはあなたにひかれていました。前にも何度かそう感じたことがあるんです」ミランダは顔をあげ、つらそうに続けた。「でも、その感じは行ったり来たりするんですね。父と母にもそれがありました。自分の目で見ていたから知っているんです。両親は容易にその境地に達したわけではありませんけど、おたがいを自分のものと思っていましたから、途中で反発し合っても気にはしませんでした。父は母のことを世界中で何より大事に思っていましたし、母にとっては父がすべてでした」

彼女はそこで息をつき、ためらいながら言った。

「わたし、だれか男性のものになるときには、両親と同じように、すべてをかけるつもりでいます。あなたにはばかみたいに聞こえるでしょうけど、わたしはあなたに無理強いされなくてよかったと思っています。あんなふうには……わたし、応じることはできないんです」

通りの向こうから芝刈り機の音が聞こえるほど静かだった。

「わかるよ」

「それから、おかしいでしょうけど、わたし、自信がわきました。これで、即決裁判の日にあなたがおっしゃったことも忘れてしまいましたわ」ミランダは快活に聞こえるように言った。

ニコラスはまゆをあげ、しぶしぶ口もとをゆがめた。「光栄だね」

「家政婦の仕事は続けてもいいでしょうか？　もうやめろと言われても仕方がないと思ってますけど。それとも、パーティが終わってから、やめましょうか？」

「パーティのことなんか気にしなくていいんだ。パーティを開いたほうがよいのかどうかも、ぼくはわからないんだ」

「お気持はわかってます」

「仕事を続けてくれると、ぼくはうれしいね。ぼくにがまんできるならの話だが」ニコラスは自分をさげすむような笑みを浮かべた。「あしたのパーティだけど、きみがきょう準備をする気分でなければ、取りやめにしてもいい」

「気を遣っていただいてありがたいのですが、わたし、すると約束したことはしなくちゃいけないと思います」

6

ミランダは大きなため息をつき、キッチンの散らかりようを眺めた。パーティはいまが盛りで、ビュッフェの料理を出したばかりだった。人差し指でこめかみをこすり、料理がおいしくできているようにお祈りをした。準備には十分、時間をかけたのだが、なにしろ大人数なので大変だった。

まるでめちゃくちゃ！　ミランダは目を閉じ、もう一度ため息をついて目を開けた。もちろん、キッチンの混雑振りはそのままだ。

「オーケー、落ち着いて片づけるのよ、ミランダ」彼女はひとり言を言った。

ミランダはお皿類をディッシュウォッシャーに入れ、残りは手で洗い始めた。グラスをはじめとして、まだどれほど洗わなければならないかは考えないことにした。

「夜明けまでかかりそう」彼女はそうつぶやき、お客さまやパーティのほうに思いを向けて仕事に精を出した。

サマンサは早くやって来て、ビュッフェテーブルの用意や飾りつけは自分ですると言い張った。ミランダは反対だったが、実際にはほかのことで忙しく余裕がなかったので、任せることにしたのだった。

それに、ミランダはひるんでもいた。というのは、サマンサは魅惑的な金色のハーレムスーツを着け、これも金色の髪をアップにしていて、ニコラスが魅せられたように始終それを見つめていたからだ。

ミランダは皿を洗う手をとめ、パーティが始まるまでの三十分ぐらいの間、ニコラスとサマンサが窓ぎわに並んで座り、静かにお酒を飲んでいたのを思い出していた。部屋はランプが一つついているだけで、二人の背景は星とブリスベーンの夜景と川だ。

まさに絵になっていた。トレイを持って静かに部屋を横切るミランダが息を詰めるほどで、二人は、そんな彼女に気づきもしなかった。ニコラスは暗青色のシャツに薄い灰色のスーツを着て、川を眺めている。サマンサが何か言うと、笑顔を向けてうなずき、黒い瞳は金色のハーレムスーツをほれぼれと眺める。その彼がちらとミランダのほうを見て、皮肉っぽく片方のまゆをあげたので、ミランダはつまずいてトレイを落としそうになった。

ニコラスがサマンサを見つめていたとき、ミランダが感じた気持はなんだったのだろうか？

嫉妬《しっと》だわ。ミランダは洗剤液の中に手を戻しながら、そう思った。ミランダのことなどすっかり忘れてしまったかのようなニコラスを見て、心が傷ついたのだ。

「でも、何を忘れてしまったというの？」ミランダはつぶやいた。「ニコラスは裸のわたしを見て、ベッドへ連れて行こうとした。だけど、わたしは拒んだのだから、彼がいつまでも報われぬ恋や欲望に恋いこがれているように期待するほうがおかしいわ。そのあとの彼は立派だったのだから、むしろわたしは喜ばなければならないのに。忘れるのね、ミランダ。とにかく……忘れることよ。おたがい言いたいことは言ったんだもの」

ミランダはサラのことを考えることにした。

サラはちょっとした誕生日の夕食会のつもりでやって来たらしく、男性のエスコートもなかった。疲れて落ち込んでいるように見えた。ニコラスがなぜ誕生日のパーティを開いたほうがいいかどうかわからないと言ったのか、ミランダには知る由もなかったが、サラを迎えた彼は気遣わしげで、彼女の目のまわりにくまがあるのを見て、ためらっているようだった。しかし次の瞬間には、部屋の明かりがいっせいにつき、「驚いたでしょう！　驚いたでしょう！」のコーラスでわき返っていた。

サラはとてもびっくりしていたが、やがて、おめでとうや愛情あふれる抱擁の洪水を浴び、パーティ気分に乗せられていた。

「はしゃぎすぎじゃないかしら？」ミランダはそうつぶやいた。サラの美しい黒い瞳は病的にぎらぎらしていたし、何か緊張している感じがあったからだ。

「だけど、わたしが口を出すことじゃないわ」ミランダは自分に言い聞かせた。「サマンサ・セイモアは結局わたしを……奴隷のように扱うんだから！」ミランダは戸棚をぴしゃりと閉め、自嘲《じちょう》的に笑った。「それにしても、お給料のよい奴隷ね。サマンサがわたしをお手伝いさんみたいに扱っても、気にすることはないわ」

キッチンはいくらか片づいてきた。紅茶を飲みながら、食事はすんだかしらと思っているうちに、ミランダは妙な考えにとらわれていた。

ニコラスとサラの兄妹は顔形だけでなく、頭の働きや気分も似ているのだろうか、という疑問が浮かんだのだ。ニコラスがけさミランダをベッドに誘ったときと同じように、サラも動揺していたからだ。

「二人ともどこか緊張していたわ……」

だけど、わたしがかかわることじゃないわ。ミランダはそう決め、パーティの様子はどうか見に行くことにした。

居間の明かりは薄暗くされていて、あちこちに散らばっている何人かを除いて、ほとんどの人たちがダンスをしていた。すばらしいステレオから流れる音楽に誘われて、ミランダも気だるくダンスに身を任せたかった。陰にかくれて目を閉じ、ニコラスと踊っている自分の姿を想像してみる。

目を開けると、サマンサが金髪の頭をうしろにそらし、ニコラスの黒い瞳を見つめて踊っていた。

ミランダは落ち着かない様子でダイニングルームへそっと入った。

料理は評判がよかったようで、残り物は少ない。彼女はあいたお皿をトロリーにのせた。

何度かダイニングルームとキッチンを往復して、あと片づけを始めたが、そのときまた妙なことに気づいた。サラがいないのだ。

ミランダは胸騒ぎがした。どうしてサラ・バーレットのことが気になるのかしら？ なぜ？

ミランダはトロリーを押してキッチンに入ると決心した。シャーリー・テイトのときも、わたしの予感が当たったわ。

客用の寝室はどこも静かで、だれもいなかった。書斎もそうだった。主寝室に入ると、続きの浴室のドアが少し開いていて、明かりがもれている。ミランダはドアをたたいてみた。返事はない。次の瞬間、彼女はドアを押し開け、ひきつったような声を出していた——サラが白いタイルの床に倒れ、だらりとしたその手首から血が細くしたたり落ちていたのだ。

ミランダはすぐ行動に移った。タオルを取って手首にまきつけ、脈をみた。かすかだが、脈は打っている。彼女はサラの頭の下にもタオルを当てて、急いで立ちあがると寝室へ向かった。と、だれかが入って来るところだった。

きれいに髪を結いあげた中年の婦人だ。「トイレを探しているんですけど……」

「右へ行って最初のドアですわ。でも、お願いがあるんです。その前に、バーレットさんを見つけて、ここに来るようにおっしゃっていただけませんか？ お願いします。スミスがすぐに会いたいと言っている、とおっしゃってください」

婦人はけげんな顔をしていたが、肩をすくめ出て行った。

ミランダはまたサラのそばに戻ったが、ほかにすることも思いつかない。彼女は意識を失ったサラの顔をやさしくなでていた。「ああ、サラ、つらかったのね！　でも、こんなことをするなんて。それほどひどく……」

「なんてこった！」

ニコラスがサマンサと一緒に突っ立って、床の血と血にまみれたミランダのドレスを見ていた。

「まあ、わたし、血を見るとだめ」

サマンサはお上品に手を頭にやったが、それを押しのけるようにして、ニコラスはサラのそばにしゃがみ込んだ。

「それほど深刻ではないと思います。まだあまり時間はたっていませんから……」とミランダ。

「しかし生気がないじゃないか」

「出血多量というわけじゃないんです。致命傷になる前に、失神したんだと思います。早く病院に運ぶか、医者を呼ばないと。わたしが見てますから」

ニコラスは立ちあがり、サマンサには見向きもせず押しのけて走り出した。サマンサはよろけ、ミランダに悪意のある視線を投げると、彼のあとを追った。

ミランダはニコラスと一緒に救急車に乗り込み、サラにつきそった。病院に着くと、サラは自在ドアの向こうの治療室に運ばれて行った。

ミランダはニコラスに声をかけた。「だいじょうぶですわ。間に合いましたから」

「しかし、妹はなぜあんなことをしたんだ？」

「ニック」彼の瞳が怒りと苦痛に満ちているのを見て、ミランダは初めて彼を名前で呼んでいた。「ご自分を責めたりなさっちゃいけませんわ。あんなふうにしかできない人もいるんです。どうしようもないんです」

「だが、妹が苦しんでいるのをぼくは知っていた。

パーティはこなせないかもしれない、と心配だったのだが、つい他人の言うままにしてしまった。ほんとにぼくは罰当たりだ。立ち直ろうと努力している妹を見て、いらいらさえしていた。どうしてあいつはあの男のことが忘れられないんだ？」

ニコラスが異様に取り乱しているのを見て、ミランダは震えた。彼女は無意識のうちに彼に近づき、子供をあやすように肩を抱いていた。

「だめよ……自分を責めないで。あなたがサラを大事に思っていることは、だれだってわかっています」

「そのぼくが彼女をひどい目にあわせてしまった」

ニコラスはそうすれば最も気持が休まるかのように、ミランダを腕に抱き寄せた。「ぼくはほんとうに彼女を助けてやりたかった」

「だいじょうぶですわ。間に合いましたもの」

「おかげで間に合った。きみがいなかったら、妹は死んでいたに違いない。どうして彼女を見つけたの？」

「妙な予感がしたんです。今夜の様子が変だったから捜してみました」

「ほんとうにありがとう、ミランダ」ニコラスは彼女を強く抱き締めた。

二人はそのまま抱き合っていたが、やがてミランダは彼の腕をほどいた。

「座りましょう。コーヒーか何かあるか、見て来ますわ」

「いや、ぼくが買って来る。きみは座っていなさい。疲れているはずだ。ドレスもだめにしてしまったし」ニコラスは乾いた声でそう言い、ミランダがディナーパーティのために買ったドレスを見ていた。

「たかがドレスですから、かまいませんわ」

「ぼくが新しいのを買ってあげよう」

そのとき待合室のドアが開いた。だが、看護婦がコーヒーを持って来てくれたのだった。

「妹はどう？」ニコラスがきいた。

しかし、看護婦は何も知らなかった。彼はいらいらして、コーヒーカップを投げつけそうな勢いだったが、なんとか自分を抑えていた。看護婦は恐ろしがって早々に立ち去った。

「座って、ニック。病院はできるだけのことをしているはずよ。いきりたってはいけないわ」

ニコラスは歯ぎしりをして腰をおろした。「医者の友人に電話したんだ。もう来てもいいはずなんだ」

「もう見えているのかもしれませんわ。そうじゃなくても、ここはお医者さまはそろっていますから」

「しかし、その友人は優秀な医者なんだ」

「ここのお医者さまも応急手当てには慣れているはずです。大きな病院ですもの」

「ミランダ、あのばかみたいな看護婦にコーヒーを浴びせそうになったが、きみもつまらないことを言ってると、ぶっかけてやるぞ！」

「どうぞ。それで気がすめば、かまいませんわ」ミランダはかすかに笑みさえ浮かべていた。

だが、ニコラスの次の言葉に彼女はショックを受けた。「ビル・ハートレイの気持をくんでやるんだね、ミランダ。彼は何年も前にきみをベッドに連れて行くべきだったんだ。ぼくが彼だったら、そうしたよ。そしてきみを放さなかった」

「なぜ……どうしてそんなことをおっしゃるの？」

ミランダの顔は赤くなっていた。

ニコラスはコーヒーカップを置くと、彼女の手を取った。「こんなつらさを経験しなければならないとすれば、きみほど一緒にいてほしいと思う人はほかにいない。そう言いたかったんだ。きみはいい奥さんにも、ときには子供にも母親にもなれる人だ。芯《しん》がしっかりしているというのか、内側に強いものを秘めているんだ。きみみたいに……官能的な体をした女性にそんなところがあるのは珍しい」

なぜか傷つけられたような気がして、ミランダは心の中ではむっとしたが、顔には出さなかった。

「どうもありがとう。でも、自分ではことさら芯が強いとも冷静だとも思ってはいません。それを表に出してもなんの役にも立たないとは感じていますけど。でも、サラが危機を脱したとわかったら、ほんとに思いっ切り泣いてしまうと思います」

そのとき、自在ドアから男性がマスクをはずしながら出て来た。ミランダは握り締めたこぶしがこわれそうな気がした。

ニコラスが立ちあがって大きな声を出した。「デイビッド！　来てくれていたんだね！　妹はどう？」

「だいじょうぶだ、ニック」

ミランダは立ちあがる元気もなく、二人の会話を聞いていた。

「幸いなことに発見が早かったから、危険な状態は乗り越えられた」

「発見してくれたのは、このミランダなんだ。彼女がいなかったら……」とニコラス。

「わたしは特別なことをしたわけじゃありません」

遠くから聞こえる会話に割って入ったように思い、涙がほおを伝って流れるのを感じた。二人が心配そうに見ているのがわかる。「わたしはだいじょうぶです。すぐに落ち着きますから」

医師が言った。「きみたちは家に帰ったほうがいい。サラには鎮静剤を飲ませてあるから、きみたちがここにいてもなんの役にも立たないよ」

「ぼくは帰りたくない。妹のそばにいてやりたいんだ」とニコラス。

「サラが意識を取り戻すまでにはまだ時間がかかる。家に帰ってさっぱりして来たほうが、対面するときにいいよ。ぼくがここにいて、目を離さないようにしているから」

ニコラスは自分のシャツについた汚れを見た。

「そうだね。サラもこんなぼくには会いたくないだろう。行こう、ミランダ」

ニコラスは人気《ひとけ》のない暗い通りを一瞬一瞬に努力を払っているかのようにゆっくり車を走らせていた。

「あの……これはわたしの家に行く道じゃないと思いますけど」ミランダが口に出した。

ニコラスはぼんやり彼女を見た。

彼女は唇をかんで言った。「いいわ。あと片づけをしてしまいますから。どうせ眠れはしませんものね」

ところが、マンションはパーティなどなかったみたいにきれいに片づけてあった。サマンサからのメモが残してあった。ニコラスは口もとをゆがめて、それを読んでから、ミランダに手渡した。

家に帰って着替えてから、またすぐ来ます、と書いてある。

彼はすぐに電話をかけた。「サラはだいじょうぶだ、サマンサ……いや、ここに来てもしようがない。すぐ出かけるから。サラが意識を取り戻したときに、そばにいてやりたいんだ……うん、どうもありがとう、助かったよ。じゃ」

ニコラスは受話器をがちゃんと置くと、ミランダにも飲み物を作ってから、窓ぎわの椅子に腰をおろした。ひどく不機嫌な顔だ。

「サマンサに怒ったりしちゃいけませんわ。血を見るのが嫌いな人は多いんですから」ミランダはためらいがちに言った。

彼は手に持つグラスに目を落とし、まつげがほおに影を作った。「血が好きな人間はいないさ。でも、きみの言うことは正しいよ。ぼくはパーティを開いたのはサマンサのアイデアだったたってことすら考えていなかったからね。パーティを開けば、サラはみんなの愛情を感じるはずだ、と彼女は言ったんだ。だが、サラが何を必要としていたか、サマンサには読めなかった……」ニコラスはとつぜん顔をあげた。「きみはサマンサが嫌いだと思っていたんだが、どうして彼女をかばうの？」

「その話には深入りしたくありませんわ。あの人のことはよく知らないんですから」ミランダは肩をすくめたが、ニコラスが急にくすくす笑い出したのでびっくりした。「何を笑っていらっしゃるの？」

「きみのことだよ」

「なぜですか？」

「森の中から来たミランダが外交辞令を覚え始めたからさ。しかし、サマンサのことは何を言ってもいいんだよ。確かに彼女は美しく見せたり……ある種の才能はあるんだが、ぼくには欠点が見えないわけじゃない」

ニコラスがにやにや笑っているので、ミランダの心臓はどきどきした。

「ある種の才能って、わたしにも想像はつきますわ。男性はそのほかのことは考えたりしませんの？」

「そんなことはないさ。だけど、美しい女性の場合はまた別だね。例えば」彼は美しい形の口もとを皮肉にゆがめた。「何週間か前、ぼくは……きみの胸のふくらみに悩まされた。法廷にいながら、それだからね」

ウイスキーを飲んでいたミランダは、はっとしてむせた。その様子をニコラスが眺めて、気だるそうに薄笑いを浮かべていたので、屈辱的な気分になった。

彼女がようやく平静に戻ると、ニコラスはまたからかうように目をきらきらさせて言った。「きみには驚かされるよ。そんなに純情だとは知らなかった」

「いつもはそれほどじゃありません。でも、ある意味ではそうですね。なぜって……」ミランダはどうしようもなくて肩をすくめた。

「男性が頭の中ではそんな恥ずかしいことを考えているとは信じられないんだね？」

「信じられませんわ。つまり、すべての男の人がいつもそんなことを考えているとは思えないんです」

ニコラスは今度は口を開けてあははと笑った。

「かわいいんだね、ミランダ。きみがどう考えようと、あのとき法廷にいた判事から守衛にいたるまで、頭の中できみを裸にしなかった男性は一人もいないよ。それは流れ者の牧夫だけのことじゃないんだ」彼は熱くなっているミランダの顔をじっと見て、さらに続けた。「そんなはしたない気持に悩まされるのは男だけじゃないだろう？　きみだって、男性を見て、肉体的に魅せられたことがない、とは言えないはずだ。そうだろう？　それともきみは、すっかり相手がわかってから――例えば最初の六週間は話し合い、次の六週間は手を握る、といった具合に――手順を踏まないと、相手に許せないわけ？」

ミランダは法廷でのわたしの気持を彼はわかっていたのだろうか、と思った。グラスを持つ手が震え、シャワーを浴びていたときのことをはっきり思い出していた。屈辱と怒りがよみがえる。

「どうしてこんな話になったのか、わかりませんけど、ええ、そうですわ――わたしたちはみんなおっしゃるとおりです。だけど、あなたとか、あのいやらしい訴追人があの日言ったようにしか女性を見ないのには反対です。女性はあれほど……冷酷に、肉体と人格を切り離して考えられるものではありません。もっと現実的ですわ」

「おもしろいね。続けてごらん」

ミランダは深く息を吸った。「女性は肉体だけにひかれるわけではないんです。心やさしい、賢い恋人であれば、ロバート・レッドフォードみたいにハンサムじゃなくても、幸せに暮らしてゆけます」

「ビル・ハートレイはその心やさしく賢い恋人に入るわけ？」

「そんなふうにおっしゃるのなら、ええ、それは彼は鼻が曲がっていて、親友だって彼がハンサムだとは言いませんわ。でも、彼の目とか……手には何かが感じられます。女性だったら、それがわかるんです」

ニコラスの目がきらりと光った。わたしがビルと――あるいはだれとでも、ベッドをともにしたことがない、と言ったのはうそに違いない、そんなふうに想像した目つきだった。ミランダは直観的にそう思い、いっそう怒りがこみあげてきた。

「あなたみたいな人には――男の人はたいていそうだと思いますけど――表面的なことしか見えないんです。あの簡易裁判の日だって、あなたはわたしを奥地から出て来た小娘で、判事をうまく丸め込もうとしている、と考えてらしたけど、それでもわたしと〝どうにかなっても悪くない〟とおっしゃったわ。サマンサのことだってそうです。あれほどきれいな人は見たこともありませんし、ベッドでもすてきなんでしょう。だけど、あんな見栄っ張りな人には会ったこともありません。思いやりがある人とも思いません。あなたはそうは考えていないでしょうけど」

「そうじゃないが、そのことはあとにして、ぼくはまだ、きみがなぜあの日とまどっていたのか、何を悩んでいたのか、わからないんだ。ぼくが、きみはぼくのタイプじゃないと言ったからなの？　それとも、〝どうにかなっても悪くない〟といった態度だったからなのかな？」

「正直に答えてほしいのでしたら――裁判の日にあなたがおっしゃったことは全部気に障りましたわ。

話題を変えておしまいになるんですか？」

「いや、ぼくもサマンサは思いやりのある女性ではないと思っている。だけど、何も彼女に求めたことはないんだ……」

「お求めになればいいのよ。ほかの女性にもね。そうすれば、わたしが言おうとしていることがおわかりになるわ」

「自分を売り込んでいるみたいだね？」ニコラスはにやりとし、まゆをあげた。

ミランダは十まで数え、なんとか気持を落ち着けてから言った。「ごめんなさい。お説教をするつもりじゃなかったんです。どうぞ着替えをしてらしたら？　わたしは着替えがありませんから、病院にいらっしゃるときに途中で降ろしていただければけっこうです。もうここでは何もすることはありませんから」

ニコラスはまたまじめな顔に戻っていた。「あんなことをするなんて、サラはどんなに寂しかったんだろうね？　ぼくは何もしてやれなかった」その声は聞き取れないほど小さかった。「ミランダ、ここに泊まらないか。病院に行って、医者の注意を聞いたら、きみに話したいことがあるんだ。ぼくのパジャマの上着を着ればいい。きみは疲れているよ」

「でも、わたし……」

「ぼくは朝まで帰らない。心配することないよ」

「そうじゃなくて……」

「それじゃ何？　お風呂に入って、ベッドにもぐり込みたいんじゃないの？　何か……予期しないことでも起きたら、病院から電話で知らせる。ほかの人に迷惑はかけないですむよ」

「わ……わかりました。お邪魔しますわ」ミランダは感動していた。「でも、わたしは一緒に病院に行かなくてもいいんですか？」

ニコラスはミランダのほおに手を触れた。「もうふらふらじゃないか。やすんだほうがいい。二人も犠牲者が出るのは困るからね。しかし……何から何まで、ありがとう」

　彼はジャケットを脱ぎながら、浴室に入って行った。やがてシャワーの音が聞こえた。

　ミランダはがくがく震えて動くこともできず、ほおに手を当てたままじっとしていた。

　いま求められたら、なんでも応じてしまいそう。彼を慰め、緊張をほぐしてあげるためなら、なんでもするわ。ミランダはそう思い、唇をかんだ。

7

太陽が顔に当たり、玄関のベルが鳴っているのを感じて、ミランダは目を覚ました。どこにいるのかわかるまでちょっとかかったが、眠そうに頭をかいて、ベッドを抜け出した。ローブを探したが見つからない。自分の姿を見ると、翡翠《ひすい》色の異国風の寝間着を着けている。パジャマの上着より体がかくれそうなので、ニコラスの引き出しから引っ張り出したのだ。まだ新品で、だれかがいたずらにプレゼントしたものだろうが、あとでトラブルになるとは思いもせずに着てしまったのだった。

またベルが鳴った。

「はい、はい、いま行きます」ミランダはそう言って、寝間着のまま玄関に急いだ。ニコラスだわ……鍵を忘れたのかしら？

ドアを開けると、サマンサ・セイモアが立っていた。二人はびっくりして見つめ合った。

「まあ」最初に声を出したのはミランダだった。「あなたでしたの。どうぞ。バーレットさんはいませんけど、いま……」

「いったい何をしてるの？　いいわ、聞きたくもないわ。あなたに会った瞬間から、あなたが何を狙《ねら》っているか、わかっていたのよ。願いがかなったようね、この安っぽい売春婦！」かん高い声だった。

「ちょっと待って」ミランダはぼうっとしたまま続けた。「あなたは……」

「ちょっと待って、なんてわたしに言わないでよ」

サマンサはいきなり手を振りあげると、ミランダのほおをぶっていた。うしろへよろめくミランダに、サマンサは低音で詰め寄った。

「そうとうな神経をしてるわね。わたしが彼の誕生日にプレゼントした寝間着まで着込んだりして。一時的に彼をひきつけることはできたかもしれないけど、長続きはしないわよ、ミランダ。なぜだか教えてあげましょうか？」サマンサはドアをうしろ手に閉めた。

「その必要は……」ミランダはほおに手を当ててつぶやいた。

サマンサの瞳は怒りで白くなっていた。「必要があるのよ。彼があなたのことをほんとうはどう思っているか、知っているの？　いくらか頭はいいかもしれないけど、結局は田舎娘にすぎないと思ってるのよ。汚い農場で十人の子供を育てる運命が待っているとね。あなたにはセックスと子育てしかないからよ」

ミランダは青くなった。「彼がそ、そんなことを言ったんですか？」

サマンサはいやみに笑った。「もっとひどいことを言ったわ。ほんのゆうべ……だけど、これ以上がっかりさせるのはやめておくわ。わたしがあなたのだったら、自分の家へ逃げて帰るわ。サラのためにあなたがどんなことをしてあげても、彼を手に入れることはできないからよ。わたしはニックを知っているわ。あなたへの一時的な欲望を満足させたら、すぐに捨ててしまうのよ。高望みをしすぎたわね。田舎に帰って、森の騎士のビル・ハートレイと結婚するのが一番よ。わたしの忠告に従うのね！」

ビルの名前が出るところをみると、サマンサの話はほんとうに違いない、とミランダは思った。サマンサとニコラスが自分のことを話題にして笑い合っている姿を想像して、彼女は動揺した。彼はシャーリー・テイトのことも話したに違いないわ……。

ミランダは死んでしまいたかった。叫び出し、こぶしで壁をたたきたい気持を必死で抑えた。なぜ彼はわたしにこんな仕打ちをするのだろう？

サマンサの美しい顔に困惑した表情が浮かんだ。

「ミランダ？」その声には陰があった。

ミランダは固くつぐんでいた口を開いた。「あなたのご忠告は早とちりですけど、理由がないわけではありませんから、従いますわ。わたしは田舎へ帰ります。バーレットさんにそうお伝えください。ついでに申しあげれば、バーレットさんは一晩中、病院にいらっしゃいました」ミランダは玄関のドアを開けた。

「ごめんなさい、ミランダ、ぶったりして」

「だいじょうぶです」

「あなたがその寝間着を着ているのを見て……わたし」サマンサは具合悪そうだ。

「それはそうですね。わたしが無神経だったんです」ミランダはそこでためらったが、やさしい声になって続けた。「ですけど、セイモアさん。バーレットさんのことがお好きなのでしたら、そのことをおっしゃって、一歩さがってごらんになるといいわ。さもないと、ご自分が傷つくことになるのではないかしら」

「……なんのことかよくわからないわ」

ミランダは肩をすくめ、ニコラスの気持を伝えようかと思ったが、しっぺ返しをしてもむだだと考え直した。

「ご心配なく。ところで、お帰りになりますか、それともお待ちになりますか？」

「帰るわ」サマンサは表情には出さなかったが、誇りを取り戻し、いくらか後悔したことをもう忘れていた。「あなたって賢いのね、ミランダ。二度とも う会いたくないわ」

「わたしもですわ」ミランダもそうつぶやき、ドアを閉めて寄りかかった。涙がほおを伝うのを感じる。

「だけど、サマンサの言うとおりじゃないかしら？

あんなことを聞いて、どうしてここにいられる？ でも、ときには不愉快にさえ思うニコラスのことが、どうしてこんなに気にかかるのかしら？ こんな気持のまま、どうやって田舎へ帰るっていうの？ ビル、だれよりもあなたに会いたいわ」涙がとめどなくこぼれ、彼女はため息をもらした。

ようやくミランダは元気を出し、書斎から電話をかけた。

「サラ・バーレットの様子をうかがいたいのですけど」

「ご家族の方ですか？」

「いいえ、でも入院したとき、一緒にいた者です」

「あら、そうでしたわね。落ち着いて、もう危険はありません。お兄さんが一緒にいらっしゃいますけど、お話しになりますか？」

「いいえ、けっこうです」

ミランダは受話器を置き、書斎の窓の外を見た。朝早い太陽の光に川面がきらめいていたが、彼女は気づかない。振り向いて部屋の中をぼんやり眺めながら、痛切な思いでニコラスのことを考えていた。

わたしがシャワーを浴びながら料理用のシェリーを飲んでいたことを彼はサマンサにしゃべったのだろうか？ もしそうだったとしたら、その話はサマンサの口からブリスベーンの社交界に広がっているはずだ。それなのに、わたしはゆうべ、自分の善意のすべてを彼に捧《ささ》げようとしていた。彼と一緒にいると、自分の体に裏切られ、どうしても彼に屈したくなってしまうのだ。

サマンサの言うとおり、出て行くしかなかった。経済的に独立し、仕出し屋を始める夢も消えてしまった。ニコラスのあと押しがなければ、その夢の実現は初めから無理だからだ。

「ミランダったら、どうしてこんなことになってしまったの？」彼女はうめいた。

また振り出しに戻ってしまったのだ。秘書養成学校は、このところばかな夢を見ていたために通っていないし、あとはその日暮らしの足しにしかならない仕事が一つ残っているだけだ。

貯金もわずかしかない、と考えて、ミランダは顔をしかめた。もちろん、きのうニコラスからもらったお給料は手をつけずに残っているし、パーティを手伝ったボーナスも過分のものだったが、また仕事を探さなければ、数週間しか持ちはしない。

ミランダはがっくりして椅子に腰をおろした。そのとき、ある考えが頭にひらめいた。下宿の公衆電話は不便で、内緒話はできない。彼女はやもたてもたまらず、受話器を取りあげていた。

「グーンディウィンディにつないでください」電話番号は暗記していた。「終わったら料金を教えてくれませんか？」

彼女は受話器をおろし、緊張して待った。ニコラスからかかってこなければいい、と念じながら。

電話が鳴った。「もしもし？」

「ミランダかい？」

「まあ、ビル！　どうしてわかったの？」彼女は涙をぬぐいながら笑った。

ビルの低く響く声が聞こえてきた。「きみの声はわかるよ、ミランダ。元気、花びらちゃん？」

ビルに〝花びらちゃん〟と呼ばれていたのを思い出し、ミランダは声が詰まった。「ううん……わからないわ。わたし……ビル？　あなたは？」

「きみがいなくて寂しいよ、ミランダ。どうして泣いているの？」

「あなたが恋しいからよ、ビル」彼女は涙声だ。「とてもホームシックなの……」すすりあげ、弱々しく笑っていた。

「だったら、どうして帰って来ないの？」

彼がどんな返事を待っているかと思うと、「ミランダは心が痛んだ。そばにいるように彼の姿が目に浮かぶ。たくましい体をカーキ色の作業着に包み、つばの広い帽子をそばに置いているに違いない。大きな手はやさしいのだ。そばにはボーダーコリー犬がじっと待っている……。

「ビル、わたし、相変わらず頭が混乱しているの――前よりずっとひどいわ」

しばらく沈黙が続いた。

「ミランダ、いいかい。きみの心が決まるまで、ぼくは待っている。いま帰って来て、まだぼくが愛しているかどうか心配なのだったら、そんなこと、ぼくが息をしてるかどうかときくのと同じだよ。だけど、まだ確信が持てないのなら、ぼくは待ってるよ」

「だけど、あなたにはずっとがまんして待ってもらったわ。わたし……」

「それはぼくの勝手だよ、花びらちゃん。そんなことは最後に考えればいいんだ」

「どれだけ感謝したらいいのか、わからないわ、ビル」ミランダは目を閉じ、サマンサに会ってから心の中に固まりかけている計画を口にしていた。「ブリスベーンを離れるのよ、わたし。いえ、心配しなくてもいいの。少し休みを取って、自分のことを考えてみるだけだから。遠くには行かないわ。できるだけ早く連絡します」

受話器の向こうから、ため息が聞こえてきた。

「約束だよ、花びらちゃん。一両日中に電話か何かなかったら、捜しに行くからね。きみがどこにいるか、知っていたいんだ。ぼくが必要になったら……」

「約束するわ、ビル。さよなら」ミランダはささやいた。

受話器をおろして、ぼうぜんと目に涙をためていると、電話がりりーんと鳴った。ミランダの心臓は何かを予期して早鐘を打った。だが、受話器を取りあげると、料金を知らせる交換手の声だった。これであとはもうすることは一つしかない——立ち去るだけだ。ミランダは立ちあがり、書斎を見まわした。わびしかった。サマンサのひどい言い方も、ビルのことも、ニコラスにとって自分はなんでもなかったということも思い知らされたのに、それでも立ち去りがたかった。一歩踏み出せば、永久にニコラスとはお別れなのだ。

ミランダは血のついたドレスに着替え、汚れた部分はエプロンでかくすようにした。電話代もキッチンに置いたが、ニコラスがそれを見つけて、なんだろうと思うかと想像して、ひるんだ。彼がそのお金をポケットに入れるかと思うと、悲しみとも怒りとも苦々しさともつかぬ奇妙な感じに襲われた。だが、その苦々しさのおかげで、ミランダはマンションをあとにすることができた。

その気持を忘れないこと、ミランダはその日一日中自分に言い聞かせながら、町を出る準備をした。そして、海岸に向かう最終のバスにとび乗った。

次の日、ミランダは黄金海岸《ゴールドコースト》の太陽をさんさんと浴びながらバーレイヘッドの美しい海水浴場に寝転び、ノーフォーク松の並木を眺めていた。何も考えないことにしていた。トレーラー公園でトレーラーを一台一週間借りて過ごすことにしたのだ。キャンプに近い感じだが、自分で料理もできて、それが一番安あがりだったから。ブリスベーンの下宿より安かった。

その日の朝、すでに二通のはがきを出していた。一通はビルに、もう一通は家族にあてた、いずれも居所を知らせるだけの簡単なものだ。

その晩、狭苦しいトレーラーにもぐり込んで波の音を聞いているうちに、ミランダはとつぜん真実をいつまでもかくしていることはできない、と悟った。真実から逃げているから、苦々しさや心の痛みを覚えるのだ。もしニコラス・バーレットに会わなければ、ビルと結婚し、田舎で幸せに暮らしていたかもしれないと思うと、皮肉なめぐり合わせを感じた。

　ミランダはビルと自分自身がかわいそうで、暗がりの中で泣いた。わたしのこの気持を知ったら、ビルがどう思うか、それを考えるとつらかった。しかし、自分をこんな気持にさせてしまったニコラスにたいしては――彼以外の男性を愛することはもはやできなくなっていたのだが――またもミランダは苦々しさを感じ、その気持をいつまでも壁のように張りめぐらしておくのだ、と誓った。

　それからの二、三日、天気は快晴だった。ミランダは泳いだり、日光浴をしたり、岩場に出て手釣りで魚を釣ったりした。夜は月光のもと遠くまで散歩をした。できるだけ人を避けたが、それでも気分は楽になっていた。何人かの男たちが近づいて来たが、彼女がうわの空なので、退散して行った。

　週末になると、ミランダはすっかり元気になって活力を取り戻し、これから先のこともほうってはおけなくなっていた。地方紙の求人欄を眺めて、この地方に多いレストランのウエイトレスかバーのホステスをするしかないと心に決めた。彼女はもう一週間トレーラーを借りることにし、一週間のうちに仕事が見つからなくても、田舎に帰るほかないという考えは捨てた。彼女は目を閉じた。ビルがかわいそう……。

　次の朝、まだそんなことを考えながらスーパーマーケットに入ろうとしていたミランダは、ばったりニコラスと出くわした。

　彼女は自分の目が信じられなかった。釣りをしたあとなので、金髪は風に吹かれて乱れ、ブラウスはしぶきに濡《ぬ》れ、すっかり日焼けした足ははだしだった。

「まあ！　こんなところで何をしていらっしゃるの？」

ニコラスはしばらく上から下まで彼女を見つめていたが、やがて冷ややかに言った。「偶然にきみと同じみたいだね、ミランダ。休みを取っているんだ」

「だれがサラのお世話をしているんですか？」

彼は目を細めた。「どうしてまた、きみが妹のことを心配するの？」言葉はおだやかだが、彼の口もとはゆがんでいる。「間違っていたら、ごめんよ。だけど、きみは逃げ出したんだから、サラのことなんかどうでもいいのかと思っていたんだ。もちろん、妹がきみに心配してもらいたいと言ってるわけじゃないけど……」

「そんなんじゃないんです。サラのことはとても心配しています。でも……うまく説明できないわ」

ニコラスはからかうようにまゆをあげた。「わかるよ。ただ、人の世話をすることについて、きみから説教されるのはちょっとなじまなくてね。だけど、さっきも言ったように、きみに妹を世話しなければならない義務があると言ってるわけじゃない」

「わかっていらっしゃらないわ！」ミランダは熱くなって反論したが、その大きな声に通りがかりの人たちがじろじろ見るので、恥ずかしかった。

「ここじゃまずいね。車を向こうにとめているんだ。そこへ行こう」

ミランダはあとずさった。「あなたとはどこにも行きたくありません」

「臆病《おくびょう》だからね。いや、もっと悪い。そのうえ自分だけいい子になろうとしているんだ。きみは楽しいだろうし、確かに役者には違いないが、ぼくはごめんだね。一緒に来るのなら、静かについて来てほしいよ。いやなら、それこそ勝手にしろだ」

ミランダは唇をかんだ。「わたしをどんなふうにごらんになろうとご自由ですけど、わたしを臆病だとお考えでしたら、間違いですわ。喜んでほんとうのことを教えてあげます」ぴりぴりしながらも、抑えた声でそう言ったミランダは、まわりの人たちを振り向いて、「みなさん、見せ物はおしまいです」と手を振り、さらにわざと明るい声を出した。「こちらへどうぞ、バーレットさん。向こうにあなたの車がありますわ……」

ミランダはこんなに腹が立ったことはないくらいだった。

ニコラスが岬のほうへ車を走らせ、堂々とした別荘が立ち並ぶ地域に着いても、ミランダの腹立ちは続き、彼がにやにやしているのに気づいて、いっそう怒りはつのった。

車が地下の駐車場へ入ると、ミランダは冷ややかに、しかしはっきりと言った。「憎らしい。これまでだれにも感じたことがないくらい、あなたが憎いわ！」

「そうかい？」ニコラスは、法廷で初めて見たときと同じように、かすかながら笑みを浮かべた。「きみにはまったく退屈しないね。料理専科というだけじゃなくて、女の一人サーカスができるよ――それも見事にね」彼はエンジンのスイッチを切って、ミランダのほうへ向き直った。

彼女はグリーンの瞳をぎらぎらさせ、山猫のようにニコラスにとびかかっていた。だが、いとも簡単に彼のひざに上体を折り曲げられる。しまったと思ったときはもう遅かった。彼が顔を近づけてきたのだ。

乱暴で、有無を言わせぬキスだった。あとになって考えてみると、いつそうなったのかはっきりしないのだが、逃れようとする気持は失《う》せていた。相手の髪をつかむより、その髪に指をからませたくなっていたのだ。ニコラスが彼女の背筋をさすり、ついには水着の肩ひもの一つをはずして、胸に触れたせいかもしれない。

ミランダは胃の底の奇妙な感じは何なのかといぶかりながら、彼の腕の中で震えていた。怒りや腹立ちはもう消えている。

「こういうことだったんだ、そうだね、ミランダ？ これをきみはすなおに受け入れることができなかったんだね？ だから、逃げ出した」

ミランダは答えなかった。自分の手が彼のシャツの下にもぐり込んで肩に触れようとするのをとめようと、握りこぶしを作っていた。

ニコラスは笑みも見せず、彼女の上体を起こした。

「さあ、中に入って率直に話し合うかい？ それとも、まだわめきちらすのかい？ どっちでもいいよ。ドアを自分で開けさえすればいいんだ」

ミランダは目を閉じた。走って逃げ出せる状態ではなかった。どうしよう？ 考えることもできない。

だが、彼女はなんとか声を出した。「ニック、わたしにはそれはできないわ。あなたの家を出てから、まじめに考えたんですけど、それはできないことがわかったんです」

「ぼくにいまキスしていたときもかい？」

ミランダは自分の目がとろんとしているように感じて顔を伏せた。「わたしの身についた人生の知恵は……あなたがいまわたしに感じさせたものを信じてはいけないって教えているんです」

二人とも一瞬、無言になり、やがてニコラスが口を切った。「これまでの関係を変えて、ぼくたちのこの……食い違いをもっと広い角度から考えてみるのはどう？」

ミランダはなんのことかわからず、まつげの下から彼を見つめていたが、急に恐ろしくなった。薄暗く狭い車の中で、黒っぽいシャツの下の彼の肩幅が広く、クリーム色のリネンのズボンに包まれた太ももがたくましく見えたからだ。

「もしかして……一緒にベッドに入ろうということでしたら、わたし……」

「結婚するのはどうかってことだよ」ニコラスは平然と言ってのけ、彼女がびっくりしているのを見て、かすかにほほ笑んだ。


ミランダはグラスを錬鉄のテーブルの上に置き、まぶしそうにまわりを見渡した。ラウンジから突き出している覆いのあるバルコニーに座っているので、まばゆいばかりの海の上に吊《つ》られているような気分だ。

ニコラスは彼女の真向かいの籐《とう》椅子に腰かけ、グラスの縁越しに考え深げに彼女を見つめている。

「この別荘は借りていらっしゃるんですか？」ミランダが初めて口をきいた。

「ぼくの家族の持ち物だよ」

「すてきですわね」人生にはなんと違いがあるのだろう、とミランダは考えていた。

「まあね。中を案内しようか？」

「いえ、けっこうです」ミランダはあわてて答えたが、ニコラスがおもしろがっているのを見て、顔を赤らめた。「何をお話しするのでしたかしら？」

「結婚の申し込みには、普通お受けしますとか、お断りしますと答えるものだが、まずそれを飲みなさい。気分がすっきりする」

ミランダは唇をかんでいたが、ようやく口を開いた。「わたしと結婚したいと本気で考えていらっしゃるわけじゃないんでしょう？」

「本気だよ」

「どうしてですか？」小さな声だ。

「きみがあまりにうぶなんで驚いたことがある。きみをベッドに誘うには、結婚を申し込む以外にないと思ったものだ」

「まあ、やめて！」ミランダのグリーンの瞳は怒りで火と燃えていた。

「でも、たくらんでいたわけじゃない。それに、きみだって結婚しなければベッドを一緒にしないってわけでもないよね？」ニコラスはからかうように彼女を見た。「さっき車の中で、それから、ぼくのマンションで浴室のドアを開けっぱなしにしていたときに、きみがどんな感じになったか、自分で考えてみるとわかるはずだ……」

「わたしがわざとドアを開けっぱなしにしておいたような言い方ですね。あのときは、あなたが帰って来るのは二時間あとだと考えていましたわ」

「わかっている。ぼくを誘ったのはきみだと言っているわけじゃない。しかし、ぼくたち双方にとって、がまんするのはだんだんつらくなってくるね？」

「それは」ミランダはためらった。「そんなにつらいことじゃありません。あなたが知らん顔をしてわたしを帰してくだされぱいいんですから」

「それも意見の分かれるところだ。もう一つの解決法ではあるけどね。ミランダ、ぼくがきみを求めているのはかなり基本的な感情からだということは否定できない。否定するつもりもないよ」

「よくわかりませんわ」ミランダは混乱していた。

「ミランダ、ぼくたちの間にあるものがなんであれ、何か強力なものであることは間違いないだろう？そうじゃなかったら、なぜきみはここにいるの？」

「それはどうしてかわかりませんけど、何かわけがあるとしたら、もっと違うことじゃないかしら」

「別な言い方をしよう。ぼくたちはここに二人だけで、だれにも邪魔されない。こうやって飲み物を飲んで、ぼくはきみに手を伸ばす」

ミランダは彼が自分の手に軽く手を重ねるのを見ていた。

「そして、きみをベッドに誘い、きみの美しい体をくまなく味わうかのように、ゆっくり着ているものを脱がせる。手は肩から足の先までやさしく動き、唇は海水に濡れた肌を這《は》うんだ。そうやってきみをあがめ、きみが、抱いてと言うまで続けるとする……」

まあ、ひどい！　ミランダは心の中でそう思った。だが、彼につかまれている手首の内側が細かく震え、それがしだいに腕へと広がってゆくのをとめることができなかった。助けて！

「そんな……そんなことになっても、それはちっともあなたがわたしと結婚したい理由にはなりませんわ」

ニコラスはとつぜん冷淡な顔に変わり、手を離すと、上体をうしろに戻した。

「驚くかもしれないが、ぼくにも道徳心があるんだよ。ぼくたちがおたがいにひかれているのはセックスのためだけだとしても、少なくともぼくは……きみのような女性とそんなことになれば、代わりに何かを差しあげるつもりだ」

「なんですって？　離婚のときのことですか？」ミランダはささやくようにきいた。

ニコラスは肩をすくめた。「さてね？　ぼくたち自身が場合によってはびっくりすることになるかもしれないな。しかし、いまのままのミランダ・スミスよりニコラス・バーレット前夫人のほうが暮らし向きはよくなるはずだよ——中古だが、よくならされていてね」彼は冷たい謎《なぞ》のような表情に変わっていた。

そうだろうか？　ミランダは夢中になって考えていた。それとも、もっと苦しむことになるのかしら？　あなた、とことん考えなきゃだめよ、ミランダ——ビルのところへ帰れないのは、ニコラスのせいだとようやく突きとめたのだから。ニコラスを愛していているから、彼なしで生きてゆくのはたえられないから、そのつらさのために彼を忘れようとしたことは認めたわね。だれかを愛しているという事実は、それが報われなくても変わらないわ。ずっと生き続けるのよ。それなのに、いまになっても、彼なしで生きてゆこうとするわけ？

ミランダは目を開け、唇をなめて話し出そうとした。だが、ニコラスが先に口を切った。

「ほかにもあるんだ、ミランダ。二つある。一つはお金のことだ」

彼女は赤くなり、目に怒りの火花が散った。「わたし、お金のために結婚なんかしません」

「わかっているよ」彼はおもしろがっている。「しかし、きみの事情も知っているつもりだ。きみは選択の幅が限られている。ここで何か仕事を見つけるか、田舎へ帰るしかない」

「わたしは……」

「いや、まずぼくの話を聞きなさい、ミランダ」

「もう一つのほうも、お金のお話と同じように、わたしにとってつらいことでしたら、もうやめてください」小さいが高ぶった声だ。

「ごめんよ。だけど、サラのことなんだ。きみしか妹を助けられる人間はいない。きみはほかに例のないほど正直だし、現実的で、しっかりした自分自身の考え方の持ち主だ。どんな精神科医よりも彼女には役に立つ」

「ですけど、サラを助けるために、どうしてわたしがあなたと結婚しなければなりませんの？」

「サラを引き取ろうと思っているからなんだ。あのマンションではなくて、ぼくが相続した、美しい庭園と離れのある家に一緒に住みたいと思っている。しかし、きみは何か形とか約束がないと、そこでぼくと一緒には暮らしてくれない。そうだろう？」

ミランダは途方に暮れたように手を顔に当てた。

「よくのみ込めませんわ。サラのお世話を除いたら、わたしは何をして過ごすんですか?」

「ほかの時間は全部ぼくのために使うことだってできる。結果はどういうことになろうと、しばらくはあつあつの毎日が続くと思うね」

ニコラスはにやりと笑ったが、半分閉じたまぶたからのぞく彼の視線に、ミランダは戦慄《せんりつ》のような言いようのない感覚が走るのを覚えた。

「そんなことできません! そんな冷血動物みたいなこと!」ミランダの声はしゃがれていた。

「わかったよ」ニコラスは立ちあがり、肩をすくめた。「ぼくが考えていたとおりだったね? きみは臆病なんだ。残りの人生を……ぼくたち二人がどうなったか想像しながら過ごすほうがいいんだ。そうだね?」

ミランダは思わず息をのみ、彼の言うとおりだと思った。わたしって、ああでもない、こうでもないと逡巡《しゅんじゅん》しながら、人生を送ってゆくのだわ。奇跡を起こして、彼がわたしを愛するようにできたかしら、とぐずぐず考えて過ごすのだわ。わたしは臆病なのかしら? チャンスをつかもうともせずに、できないことではないわと考えるだけなのだ。恋をして失恋するほうが一度も恋をしたことがないよりずっとましだ、と言ったのはだれだったかしら?

二人はじっと見つめ合っていた。永遠に続く感じだった。ニコラスの黒い瞳が彼女のグリーンの目をうがつ。やがてゆっくり彼は手を伸ばし、ミランダもその手に自分の手を預けた。

「降伏したってこと、ミランダ?」

「わからないわ。でも、わたし……」

ニコラスは彼女の唇に片方の手を触れた。「それでいい。おいで」彼は皮肉まじりではあったが、やさしくそう言って、ミランダを家の中へと誘った。

ニコラスが言ったとおりになっていた。

ミランダをゆっくり裸にし、冷たいエメラルドグリーンのシーツの上に横たえた。金髪が美しく乱れている。ニコラスは立ったまましばらくその姿を見つめていた。

ミランダはとつぜん全身がシーツのエメラルドグリーンに染まってしまいそうな恥ずかしさを覚えたが、それでも必死に目を大きく見開き、用心深そうに相手を見返していた。

やがて彼もそばに横たわり、彼女の胸から太ももにかけて愛撫《あいぶ》し始めた。

ミランダは不安だったが、おずおずと応《こた》えていた。彼の肩が広いので徐々に安心し、たくましい背筋にも手を伸ばした。

体の奥から小さな炎が燃え広がり、やがて彼女はニコラスの愛撫のもとで、手足がけだるくも官能的な感覚に襲われてゆくのを感じた。

ミランダは歓喜のうめき声をもらし、全身を走る快感に抗し切れず、しきりに彼の黒い髪をまさぐった。彼女はニコラスのやさしい愛撫がいっそう欲張りになっても逆らわなかった。

ミランダは涙を抑えることができなかった。

二人が並んで横たわってからも、涙は彼女のほおを伝って流れていた。

その様子を見て、ニコラスは考え込んだ。「ぼくが間違っていた――きみは臆病じゃなかった。それにきみはバージンだった」

「疑っていらしたの?」ミランダはつぶやいた。

「そうではないんじゃないか……と思ってた」

「もう一つプラカードを掲げておくべきでしたわね」彼女は背中を向けて震えた。愛しています……と言いたかったのだ。

「そうだったかもしれないね」ニコラスはそう言って、彼女のヒップをなでた。「これでぼくと結婚してくれるかい、ミランダ?」

ミランダは彼がほんとうに求婚しているとはまだ信じ切れなかったので、その言葉を聞いて硬くなった。彼女は振り返り、大きな目でニコラスを見つめた。

「わたしがバージンだったからですか?」

ニコラスはかすかに顔をしかめた。「本気で疑っていたわけじゃないんだ。それに、ほかのことは何も変わっていないだろう?」

「わたし、とてもうぶに見えたでしょうね?」

「うぶだったが、勇敢でもあった」ニコラスは彼女が傷つきやすいことを読み取ったかのようにそう答えた。「ほかのことでは意見がほとんど食い違っても、ぼくがきみの魅力のとりこになっていることは認めざるを得ない。ぼくたちが愛を交わし合ったとき、きみの瞳に最初は恐れから最後は純粋な献身の気持が浮かぶまでを、ぼくはずっと見ていた」彼はためらっていたが、思い切ったように続けた。「だが、ぼくはきみのご両親のようにはゆかないんだ。〝死がわれらを分かつまで、なんじを愛する〟とは言えない。そんなこと保証できないからね。でも、いまはきみがほしいし、きみを必要としている。きみもぼくを求めているし、必要としているかもしれないと思うんだ」

ミランダは急に自分がほほ笑んでいるのを感じた。「あなたをすばらしいと思うことが一つあるとすれば、それは正直だってことですわ」彼女は考え考え言った。その正直さに動かされて、ミランダは境界線を越え、チャンスをつかもうという気持になっていたのだ。「わかりました。あなたと結婚します。ただ……ただ、これからもずっと正直にする、と約束してくだされればですけど」

ニコラスは彼女の肩に腕をまわし、彼女のほつれ毛を耳のうしろへと押しやった。「何か詩でもうたえるか、冗談が言えるといいのにな」彼はミランダの髪に軽くキスした。

「どうして……？」

「きみを笑わせたいからさ」彼はまじめにそう言ったが、口もとをゆがめて続けた。「うん、きみの涙が乾いたら、きみのしたいことをしよう。ただし、すぐにまたベッドに戻ることが条件だ。きみがこのままここにいたければ別だけど？」

まあ大変、とミランダは思った。「詩の中にはいつもわたしを笑わせるものもありますけど」

「それで？」

ニコラスの目が笑っているのを見て、彼女もそれに応えそうになったが、平静に答えた。「あなたの詩の内容によりますわね、わたしが笑うかどうかは」

「ふうん、それなら、長期戦を覚悟するんだね」彼はからかうような調子だ。

「まあ、あなたったら……！」

ミランダはむくれたが、彼が激しく唇を重ねてきたので、笑いがこみあげて体を震わせるだけだった。だが、そのおかしさはいつ涙に変わるかわからない。ニコラスがやさしく抱くと、彼女はおとなしくなっていた。

「ほら、これで気分がよくなった？」

ミランダはうなずいた。

「世界中の時間は全部ぼくたちのものだ」ニコラスは彼女の唇のまわりを指でなぞった。「どうするかはきみしだいだ」

8

まったくタイムマシンに乗っているか、断崖《だんがい》絶壁に立っているような気分だわ。ミランダはそう思った。

彼女はしゃがみ込んで、まわりの植物を見まわしていた。庭いじりの手袋を取ると、左手のダイヤモンドの指輪がまだらにさし込む太陽光線を浴びて、燃えるような紫色とばら色に反射した。

結婚して、まだ一月にしかならないんだわ。この古く美しい屋敷にも引っ越して来たばかりだ。モアトン湾のすばらしい景観が見渡せ、草花のあふれる入りくんだ庭園も彼女をひきつけてやまない。

ミランダは木の間からモアトン湾を見おろしていたが、何を見ていたわけでもなく、ただあわただしく過ぎた一カ月のことがらを頭に浮かべていたのだった。

バーレイヘッドの通りで偶然ニコラスに会い、それから三日間をハネムーンとして過ごしてからブリスベーンに帰ると、今度は結婚式だった。結婚式といっても、マーシャル夫人とサラの手当てをした医師のデイビッド・マッケンジーを介添人として、戸籍登記所でひっそりとあげたにすぎない。

ニコラスが思いがけない相手ととつぜん結婚して、マーシャル夫人はびっくりはしたようだが、それでもうれしそうだった。しかし、ニコラスの姉のリリアン・セイモアとなると、そうはいかない……。

おたがい一時間前までは存在を知らなかったのだが、リリアンはミランダを紹介されると目をむいた。きれいに化粧した顔が急に年取って見えたほどだ。

「ニック、気でも狂ったの？　いつ結婚したの？

それにこの人はだれなのよ」リリアンはたてつづけに問いかけた。

「ぼくの妻ですよ。どう考えようと勝手だけど、大げさに騒いでもらいたくないな」

サラのことになると、もっとひどかった。ニコラスが妹を引き取る話をすると、リリアンも妹に責任を感じているらしく、食ってかかった。

「だけど……そんな、あなたはそんなことはできないわ！　サラはあなたの……この女の子さえ知らないのよ！　サラはわたしの家に置くわ。そのことについては、あなたには何もさせるものですか！」

「そうはいかないね、リリアン。サラは精神不安定なんだから、身元引き受け人であるぼくが世話をする。それにもう、彼女の命を救ったミランダと会ってもいいころなんだ」

ミランダは言い争いを思い出して、ぶるっと身震いし、無意識のうちにひな菊を手折《たお》っていた。


結婚の知らせにたいするミランダの家族の反応も大変だった。結婚式の翌日、彼女はグーンディウィンディに二通の手紙を書いた。書くのがひどくむずかしかった。

ひな菊を手でもみくちゃにしながら、ミランダはあのときの驚きとショックを思い出していた。手紙を出してから数日後の夕方、彼女はマンションのドアを開けた。すると……。

「お父さん！　まあ、お父さんたら……」彼女は父親の腕の中にとび込み、泣き笑いしていた。「ああ、お父さん！」

「来ずにはおれなくてね、ミリー」父親はつっけんどんに言って、まるで幼い娘にするようにミランダの髪をなでた。「おまえが幸せかどうか、自分で見に来ないわけにはいかなかった」

「中に入って。車で来たの？　何がなんでも泊まって行ってね？　ニック？」

ニコラスはいつの間にかうしろに来て、手を伸ばしていた。「スミスさん、お目にかかれてうれしく思います」

ミランダはまだ父の腕にぶらさがっていたが、父親が緊張しているのを感じて、どきりとした。娘がまったく知らない相手ととつぜん、しかもひそかに結婚したことで、釈然としないのだろう。

スミス氏は明らかに少しためらいながら握手し、小さな声で言った。「初めまして。青天のへきれきのように現れて、気になさらんでください。なにしろ一人娘なもんですからね」

父親と娘婿はじっと見つめ合った。スミス氏の目は相手を探るように光り、人生の苦労を感じさせる日焼けした顔には苦痛の色があった。

ニコラスは黙っていたが、義理の父親の気持がわかるかのようにじっと見つめ返している。

ミランダはどきどきしながらその様子を見守った。

父親はニコラスに何かを読み取ったのか、いくらか緊張をほぐし、つばの広い帽子を手でもみながら言った。

「いや、ミリー、お茶を出してくれるというのなら、遠慮はしないよ」父はミランダのほおを軽くたたいた。

ミランダはほっと一息つき、キッチンにとんで行った。第一の関門は通過したのだ。三人とも座って紅茶となったが、彼女はうれしくて、おのずと笑みがこぼれ、しきりに田舎のことをたずねた。驚いたことに——あとで考えると驚くにはあたらないことだったが——ニコラスが牛や馬や牛肉の値段のことをわけ知り顔に話題にするので、父の顔にも感心したような表情が現れた。

三人は真夜中近くまで話し合っていたが、父はついに結婚の話は持ち出さなかった。まだ気を許してはいないのだろう。

とうとうニコラスが立ちあがった。「わたしはもうやすみます。お二人はまだ話があるでしょう。おやすみなさい。予定を変えて、もう二、三日いてくださるといいんですが……？」

スミス氏も立ちあがった。「ありがとう、ニック。せっかくそう言ってもらったんだが、いまちょうど牛を集めている最中で、朝早く帰らねばなりません。しかし、奥地にも来てください。あんまり娘を連れて来てくださらんと――こっちから押しかけますぞ！」

父と夫の間に何かが通ったのをミランダは感じた。ニコラスがさがると、父は娘に顔を向けた。

「おまえも、ときどき帰って来なさい。みんな会いたがっている」

「お父さん？」ミランダは問いかけるように父の手を取った。

「いや、いい、ミランダ。わけは聞かなくてもいい。おまえを信じているよ。一つには、おまえはお母さんに似て、しっかりしているし、もう一つには、顔が輝いているのを見てわかる。男と女の間にはちょっと説明しにくいことがあるんだ。ただ……」

「あの人を好きになれないの？」

「いや、たいした人物――男の中の男だよ。ただ、男というものはからきし無知で――わたしもかつてそうだったのだが――女は一つの役割しかできんと考えとる。おまえのお母さんがその間違いをわたしには教えてくれた」父がじっと顔を見つめたので、ミランダは赤くなったが、目はそらさなかった。彼はやさしく娘の手を握り締めた。「しかし、まあい い、おまえはお母さんの生き写しだ。なんかのときはいま言ったことを考えてみるんだね、ミリー」

ミランダはため息をもらし、われに帰った。どうしてかわからなかったが、父親は見抜いていたのだ。

父親が訪ねて来たあと、ビルからは手紙をもらった。温かな、しかし簡単な手紙で——きみが幸せなら、ぼくも幸せだよ、ミランダ。きみはぼくがこれまでに目にした一番美しい存在だから……と書いてあった。

「わたしは幸せかしら？　もう一月になるわ」ミランダはひな菊の茎を無心に吸っていた。

ダイヤモンドの指輪に目を落とし、ニコラス・バーレットとの結婚生活を考えてみる。忙しい一カ月だった。ニコラスは毎日仕事に出、彼女はマンションからこの家に引っ越し、整理に追われた。しかし、一方では静かな毎日で、客を呼んだり、呼ばれたりすることはなく、彼の生活のスタイルに慣れるのに専念することができた。

「それにしても、何か生き生きした感じがなくなったみたい。恋ではなく戦争をしているような、綱渡りの緊張がなくなってしまったわ」ミランダはそうつぶやいていた。

だが、目を閉じ、ベッドでのことを考えると、ミランダは熱くなって、体が震えてしまう。ニコラスは乱暴になったかと思うと次にはとてもやさしく、彼女をまるで自分の持ち物のように扱った。

言葉も、初めて会ったときのように、ときにはからかい、ときにはなだめ、さらには誉《ほ》めそやしたりするので、彼女は自分がすっかり女になり、相手をひきつけ、かぎりなく求められている気分になってしまうのだ。

しかし、ベッドを離れると、二人は奇妙な関係だった。何かが欠けているのだ。ベッドでは確かに一体なのだが、そこを離れるとなんとなくよそよそしい。

「そう、白線が引かれているんだわ。あの人のひざにもぐり込んでおしゃべりをしたり、テレビを見たりすることがなぜかできないもの。だって、彼に何か試されているような気がするんですもの。彼はわたしに何か疑問を持っているのかしら？　お姉さまのリリアンに会ったあとのような気持だわ。あのときの話は彼とはその後したことはないけど。ミランダは口もとをゆがめた。愛と……欲望との違いなのだろうか？

そのとき、だれかが彼女の肩に手をかけた。

「ひな菊を口にして考えごとかい？」夫だった。

「あら」ミランダは少し赤くなった。「たいしたことじゃないのよ。庭があんまりきれいなので、手入れしてみたくなったわ。いいかしら？」

「もちろん。庭いじりは、きみのもう一つの才能かい？」

「わからないけど、できたらいいと思っているの」

「成功を祈るよ」驚いたことに、ニコラスはひな菊を一本折ると、ミランダの耳の上にさした。「ひな菊がこんなにデリケートな花とは知らなかったな。飾りにもいい。ある人を連れて来たんだ――サラだよ。いま荷ほどきしている」

ミランダはサラに会ってびっくりした。やせて顔色が青白いうえ、苦しみが表情にも現れていて、頼りなげだ。

「ミランダ、お礼を言う機会もなかったけど、あなたと……ニックにご迷惑をかけて、わたし、銃殺刑ね」

「ご心配なく。来てくださってうれしいわ」

二人は抱き合ったが、サラが震えているのがわかり、ミランダは強い覚悟が心の底にわいてくるのを感じた。この人をよくしてみせるわ！

サラは入口が別の離れに住むことになり、その晩は一緒に夕食をした。

「こんなこと、あまりしないでね、ニック」サラが大きな黒い瞳にいくらかかつての生き生きした表情をのぞかせて言った。

「気が向けば、いつでも食事に来てくれていいんだよ。ミランダは料理が好きでね、食べてくれる人が増えると情熱もわく」

「でも、新婚ほやほやでしょう。マクベスに殺されたバンクォ将軍の幽霊みたいに介添人がつきっきりでは、ミランダはうれしくないはずよ。ごめんなさい」サラはそう言ってお皿を押しやった。「ミランダ、あなたのお料理のせいじゃなくて、食欲がないの。失礼して、やすむわ。そんな顔をして見ないで、ニック。何もしやしないわ！」

サラが走り去ると、ニコラスも腰を浮かした。

「そっとしてあげて、ニック。時間がかかるのよ」

ミランダは静かに言った。

「しかし……シャーリー・テイトのように簡単にはすまないかもしれないよ」


それから二週間後、ミランダがタッチングのレース編みをしていると、サラがベランダをまわって近づいて来た。

「何をしてるの？」サラがミランダのしていることに関心を示したのは初めてだ。

「母が教えてくれたんです。神経を和らげるんですって」

サラはまゆをあげた。「あなたが神経をやすめる必要があるとは想像もできなかったわ。うまくかくしてるのね」

「わたしの神経のためじゃないんです」

「わたしのためでもないんでしょうね」

「そうじゃありませんわ」ミランダはくすくす笑った。「ダイニングテーブルクロス用なんです。表面がきれいだから、テーブルクロスでかくすのがもったいなくて、敷物を作ってるんです。でも、うまくいくかどうか。いつかクリスマスのプレゼントに二人のおばに敷物をあげようと、編み始めたんですけど、できあがったのは三年後でしたわ」

「この家全部の模様替えをどうしてあなたがなさらないのか、ふしぎだわ。家具調度がみんな古くさいでしょう？」

「そうですか？　わたしは専門家ではないけど、年代物で美しいと思いますが……」

「年代物という言い方は当たっているわね。わたしたちはみんなここで育ったの。離れはおばあさまのために建てられたのだけど、おばあさまもここで結婚生活を送ったのだから、別棟に入れられたような気がしていやだったのね。でも、わたしたち、変な一族だと思わない？　まっとうなのはニックぐらいのものよ」

まっとうすぎるわ、とミランダは思ったが、口には出さなかった。「ご親族の方にはまだお二人しか会っていませんけど」

「リリアンね。あなたがニックと結婚して、わたしを引き取ってくれて、ほんとに感謝しているわ。わたしが狂っていなかったとしても、姉には狂わされてしまうところだったのよ。いつもお説教ばかりなんだから！」

サラが初めていくらか心を開きかけたので、ミランダはこの機会を逃すまいと思った。

「お姉さまがわたしに好意的でないわけが、わたしにはわかります。気にはしていませんが――いいえ、気にしているんですけど、わたし、早くこのおうちの一員として認められたいと思っていますわ。お手伝いさんから一足とびに妻におさまるのは大変化ですもの。それに、あなたは慣れていらっしゃるでしょうけど、わたしはドレスとかなんとか上流社会のしきたりに合わせるのに骨が折れるんです」

ミランダは正直にではあったが、自分の中に閉じこもっているサラを引っ張り出す狙《ねら》いもあって、そう打ち明けた。

「ミランダ！　びっくりしたわ。あなたがそんなつまらないことを気にしてたなんて」

ミランダは軽く肩をすくめた。「だって、普通の女性ならだれだってそうじゃないかしら？」

「それは……そうね。それで、どうするの？」

「おそらく試行錯誤ですわ」ミランダはにっこりして話題を変えた。「ピアノはどなたがお弾きになったのかしら？」

「わたしよ。わたし……」サラは口をつぐんだが、その声には普通と違った響きがあった。

「ピアノの音はほんとに純粋ですね。ピアノ・コンツェルトを聴いて、音がきれいだと、わたし、震えて汗が出てしまうんですよ。わたしが弾いて、ほかの人を同じ感じにさせることができない、つまり、わたしに才能がないとわかったときには、ほんとにがっかりしましたわ」ミランダは肩をすくめ、にやりとした。

「お話がお上手ね。わたしも何年も何年も練習したのよ。あなた、まだ弾いていらっしゃる？」

「いいえ、ただ、お客さまがあったりして、だれかの伴奏をしなければならないときだけ。わたしの家の者はみんな楽器をいじるんです。兄のビリーが一番才能に恵まれているんですけど、ギターを弾いていますわ。よく合唱もしました。こんなことがあったんです」ミランダは笑って紹介した。「ビリーはソプラノの声が出せて、わたしは声が低いものだから、教会のコンサートで、兄がかつらをつけて女性の役をやり、わたしが男役で歌いました。大笑いでしたわ」

「ニックも音楽が好きよ。クラシックのレコードをたくさん持ってるわ」サラが静かに言った。

しばらく黙ってから、ミランダは答えた。「ええ、知ってます。いつか聴いてみますわ」

ミランダが音楽好きなことはわかっているはずなのに、ニコラスは彼女がレコードをかけてシャワーを浴びたとき以来、そのことを口に出さなかった。彼女はそれがひっかかっていた。

「あの古いピアノは調律されているのかしら?」サラが声をかけたので、ミランダは顔をあげた。

「調律されていなければ、してもらうわ。それで元気が出るかもしれないから。あとになってミランダはそう思った。

皮肉なことに、数日後、その元気がサラの心を開かせることになった。音楽のことからではなく、ミランダのドレスがきっかけだった。しかも、そのことでミランダとニコラスは結婚して初めてけんかすることになってしまったのだ。

ニコラスがアメリカに行く同僚のためにディナーパーティを開くと言い出したことから始まった。ミランダは二、三日前から準備にかかり、新しいドレスも買うことにした。今度はお金の心配もいらず、とても楽しみだった。

そのときサラがぶらぶらキッチンに入って来た。

「パーティには何を着るの?」

「買い物に行かなくちゃと思ってます。ロングがいいかしら、それともショートにしようかしら?」

「買い物におつき合いしてもいいわ。わたし、何軒かブティックを知っているから……」

サラのその言葉にミランダはすかさず手を洗った。

「いますぐいかが?」

それから数時間ののち、ミランダは二つの目的を果たしていた。夢のようなドレスを見つけることができたし、悲しげに閉じこもっていたサラの気持を開くことができたからだ。しかし、家に帰ると、サラはすっかり疲れて、すぐ自分の離れに引っ込んでしまった。

「気にすることないわ！　始まったばかりだから。大成功よ！」ミランダは声に出して言って、自分を慰めた。

「何がだい？」

ミランダはとびあがった。「まあ、ニック！　お帰りになったの、ぜんぜん聞こえなかったわ」

ニコラスは上着を椅子にかけ、ネクタイをゆるめた。「十分以上も前に帰ったんだ。いつも大声でひとり言を言うのかい？」彼はそう言って、飲み物を作った。

「ありがとう。ひとり言は自分では気づいていないの。ばかみたいでしょう？」ミランダはグラスを受け取って、ほほ笑んだ。

「そうかもね。ひな菊を食べるのを自分でどう思っているのかは知らないけど。きょうは一日、何をしていたの？」彼は腰をおろして脚を伸ばした。

「あれやこれや」ミランダはサラのことを話すつもりはなかった。ニコラスが早まって希望を持ちすぎるといけないからだ。「きょうはお帰りが早いんじゃないかしら？」

「少しね。びっくりさせるものがあるんだ。ベッドの上に置いてある。行って着けてみてごらん。ぼくはここで待っている」

「なんですか？」ミランダは想像が当たらないことを祈りながら、きいた。

「自分で見て来るんだね」ニコラスは頭を椅子の背にもたせかけ、すっかりくつろいでいる。

それは美しい黒のカクテルドレスだった。

ミランダは目を閉じたが、抵抗できず、ドレスを体に当てて鏡を見た。どうしよう？

彼女はそのドレスを腕にかけて、急いで居間に戻った。「ニック、どうもありがとう。とてもきれいなドレスね。でも、あしたはこれが着れないの」

ニコラスは体を起こした。「どうしてだ？」

「どうしてって……わたしも一着買ったから……」

彼の目が怒りに変わるのを見て、ミランダは舌がもつれた。「あの……これと同じようなものなの、つまり」

ニコラスがすくっと立ちあがり、おおいかぶさるように近づいて来たので、彼女はしり込みした。

「ミランダ、きみが五十着ドレスを買おうと、ぼくはかまわない。しかし、あすの晩はグーンディウィンディのような田舎のダンスパーティじゃない。ぼくが買って来たドレスを着るんだ。わかったね？」

ミランダは何かが心の中ではじけるのを感じた。もうなんにも説明してあげないわ！　お姉さまのリリアンと同じなんだから！

彼女は歯を食いしばり、目を細めて、落ち着こうとした。「わかりました」歯ががたがたした。「は、はっきり」舌がもつれる。「ほかにはどうしようもありませんのね」

薄いドレスの生地は簡単に破れた。あるいはミランダの怒りが激しかったせいかもしれない。彼女は襟もとから裾までドレスを破り裂いて投げ捨てた。

「もう、もの笑いにされるのはたくさんよ！　限界だったんだから。お姉さまのリリアンはあなたが田舎娘を相手にできなくなって、大喜びね。さようなら！」彼女は転ぶように居間を出た。

「どこに行くつもりだ、ミランダ？」ニコラスはすぐ追いかけて来て玄関で彼女を捕まえた。

「田舎よ。放さないと叫ぶわよ、ニック。ほんとに叫ぶわ！」

「いや、叫んだりするはずがない。少なくともいまはね」

ミランダは顔をそむけて気違いじみた抵抗をしたが、彼は含み笑いをしながら、まるで子供を扱うように彼女を抱きあげ、寝室へ運んで行って、ベッドの上にほうり出した。

ミランダは息を切らし、彼がシャツを脱いで、流れるような肩の筋肉をあらわにするのを見つめていた。

彼女は目を閉じ、歯ぎしりした。抵抗する方法は一つしかないわ。石像を愛することができるか試してみるといいわ！

そのつもりがどこでどうなったか、ミランダはあとでいくら考えてもわからなかった。衣服を脱がされる間、彼女は確かに人形のように横たわっていたし、髪がベッドから流れ落ちるまま抱きとめられても目を固く閉じていた。

ニコラスが乱暴でひどかったら、あるいはもくろみどおりことが運んだのかもしれないが、彼はそうではなかった。

思い出すのは、ニコラスの指が耳のうしろから肩のまわりへとやさしくなでていることだけだ。その愛撫《あいぶ》にじらされ、ミランダは叫び出しそうになったが、それでも最後の意志の力でなんとか逃れようと抵抗した。

ニコラスは一瞬、腕に力を加えたが、彼女が静かになると、またやさしく愛撫を続けた。

ミランダは目を開け、彼の黒い瞳をのぞき込んだ。負けたのだ。

ニコラスが顔を近づけ、じらすように唇を押し分けると、ミランダは、わたしの心はどこに行ったのかしら、と考えた。拒む気持があったとは思えない。彼女はゆっくり腕を彼の背中にまわし、指を這《は》わせていた。彼の愛撫に合わせて、しだいにみだらに挑発的にさえなっていた。ニコラスが名前を何度も何度も呼ぶのを聞きながら、彼女も最後の陶酔に引き込まれていた。

やがて二人は息をつき、並んで横たわっていた。

「ミランダ？」ニコラスは天井を見つめたまま、しゃがれた声を出した。

「……はい？」彼女はようやく小さな声で返事した。

「ぼくの思ったとおりだ――きみはこのためにできているんだ」

ミランダの目からは涙があふれ出た。

9

「ミランダ?」ニコラスは今度は片ひじで体を起こし、顔をしかめて言った。「誉《ほ》めて言ったんだよ」

目の奥におかしさを秘め、それでもまじめな顔つきで、彼はミランダのほおの涙を指でぬぐった。

「聞きたいことではなかったわ」彼女はすすり泣き、背を向けた。

「ほかの女性と違うんだね」

「そうよ。わたしは風変わりなんですから!」

「ごめんね。言うべきことではなかった――きみの服装についてだよ。来てごらん。きみがほしいものは知っているんだ」彼はそう言って手を伸ばした。

なんのことかわからないまま、ミランダは彼に手を引かれて浴室に入り、一緒にシャワーの下に立っていた。細かなお湯が吹き出し、二人とも頭の先からびしょ濡《ぬ》れだった。ニコラスは石けんでゆっくり彼女の体を洗い、自分も簡単に洗った。

「どう? いい気持?」彼はからかうように言い、お湯のほうのつまみを閉じ、水のほうのつまみを全開にした。

「きゃっ!」その冷たさにミランダは彼にしがみついた。

「いい気持だろう? もう泣かないね?」

「え、ええ。凍りつくかと思ったわ!」

ニコラスは彼女を外に出すと、タオルを手渡した。

「これでこすってごらん。気分がすっきりするよ」

そのとおりだった。肌が生き生きと輝いてくる。髪をふきながら振り向くと、彼が入口に立っていた。

「来てごらん。ほかにも買ってあげたものがあるんだよ。着けてみたら?」

ぼかしたグリーンの柔らかい生地のものを着せられて、ミランダはぽかんとしていた。ボディスがぴったりし、胸の上半分があらわになっていてふくらみが強調されている。

「これ、ドレスかしら？」

「二人だけのときに着るんだよ。その格好で外に出たら暴動が起きてしまう。ここで夕食にしよう。いや、いい。きみはゆっくりしていなさい。ぼくが用意して来る」

ミランダはソファに座ってぼんやりしていた。ニコラスを愛しているのか、憎んでいるのかわからなかった。二人の男性を愛しているような感じでもある。いまの彼は好きだが、さっきのような彼はどうだろう？　それより、彼はどうしてあんなふうに振舞ったのだろう？

彼女は額を指でこすった。きっとわたしを愛していないからなんだわ。あの人はこれまでわたしを愛している振りをしたこともない。そうだとすれば、わたしたちのこの情熱はいつまで続くのだろう？

ニコラスがトロリーを押して入って来た。食べ物とクーラーに入れて冷やしたワインがのっている。

「まだそんな時間じゃないけど、真夜中のごちそうというところだね。ベッドに入ったら？　今夜はスリラー物をやっているよ」彼はそう言ってテレビをつけた。

ミランダは言われるままにし、ひざの上に置かれた食べ物を見た。「ディナーパーティ用の材料だわ」

ニコラスはワインを注ぎながらにやりとした。「料理をするとよかったんだが、このほうが早いからね。それに、料理はきみのほうが一枚上だし。どう、いい気分？」

彼女はうなずいた。

あとになって考えてみると、現実ではない感じだった。ミランダはワインつきの食事をしながら、テレビのニュースをぼんやり見ていた。食べ物は、コールドチキンとハムにアスパラガスという奇妙な取り合わせだ。オードブルにと思って用意したものだから、パーティには何かほかのものを考えなくてはなるまい。

そのほかに、ニコラスなりに工夫して、パイナップルのスライスとマラスキーノチェリーもあり、トマトの輪切りに鮭とガーキンの酢漬けはレタスにくるんであった。温かいロールパンと、自家製のアイスクリームでまわりを包んだモカスフレ。

「あしたは忙しくなるわ」スフレを見て、ミランダがぐちをこぼした。

「どうして？　まだ十二、三人分ぐらい残ってるじゃないか」ニコラスはそう言ってスフレにナイフを入れた。

「切り取ったあとのデザートを出すディナーパーティにお出になったことあります？」

彼はにやりと笑った。「キッチンで切ってから出せばいいよ。この映画、見たことある？」

テレビの画面には映画の題名が出ていた。

「ええと……いいえ。あなたは？」

ニコラスは頭を横に振った。「すごいスリラーらしいよ」

ミランダは無意識のうちに彼の手を握り締め、目を丸くして見ていた。息を殺してじっと画面に見入っていたので、途中でニコラスがいぶかしげな目を向けたのにも気づかなかった。映画が終わると、ミランダは顔をしかめて身震いした。

「今夜はうなされそう！」

「そんなことないよ」

「どうして？」

「一人じゃないし、それにぼくの手を握って眠ってもいいからさ」

実際は、それ以上だった――ニコラスは初めてミランダを腕に抱いて眠ったのだ。彼女は泣きたい気持だった。

「どうしてぼくが買ったドレスを着たくなかったのか、話してくれる？　わけがあると思うんだ」

「どうして？」

「いままでわけもないのにやんちゃを言ったことがないからだよ」

わたし、やんちゃをしたのかしら？　そうかもしれない。火山みたいに不満がたまっているんだわ。でも、いけない！　爆発させちゃいけないわ！

「サラのことなの。サラに手伝ってもらって、あしたの晩のドレスを選んだの。アクセサリーも全部。その間、彼女は自分のことを忘れ、親鳥が子鳥の面倒を見るように、わたしの世話をしてくれたわ。それに、彼女が音楽を好きなこと、ご存じ？　うまくすれば、それが解決の手がかりになりそうなの」

「なるほど。ぼくがきみの世話をしなきゃならないように、きみはサラの世話をしなければならないんだ」

「違うわ！　そんなんじゃないの。ただ、わたしの手助けをするよう、うまく仕向けたのよ。あの人に気づかせないように。わかるでしょう？」

「うん、わかる。きみのやり方で、妹のリハビリテーションを進めているわけだね？　自分自身の中に閉じこもっている彼女を引っ張り出そうとするのは、よい考えだ。きみのドレスを買うのは楽しかったんだが、それを聞くと、がまんしなきゃならないね」

ミランダは言葉がなかった。ニコラスが続けた。

「あしたのパーティに彼女は出ると思うかい？」

「わかりませんけど……。お客さまは全部、サラが知っている人たちなの？」

「いや、知ってるのはデイビッド・マッケンジーだけかな」

「思い出したくない人かもしれませんわね」

「ううん。ただ、ほかの医者より彼とはうまくいっていたんだ。年が離れているせいかもしれない」

「いくつ離れているのかしら？　彼は結婚していらっしゃるの？」

「十五ぐらい年上かな。男やもめでね。妹にとっては父親のタイプなのかもしれない。パーティに出るようきみから説得してみてくれないか？」

「ええ、やってみます。でも、自信はないわ。サラは……あれこれ指図されるのが嫌いだから」

やがてニコラスは眠りに落ちていた。ミランダは彼の腕の中で安らぎを感じていることがたまらなくうれしく、いつまでも起きていたかったが、それでもいつかうとうとし始めていた。

ミランダはその日一日中、夢をみているような気分で準備がはかどらず、初対面のパーティ客たちの視線を浴びると思うと逃げ出したくなった。

午後も遅くなり、背伸びして戸棚からキャセロールの鍋やいろいろ取り出していると、グラスが落ちて転がった。まるでブラスバンドのような騒々しさだ。

「もういや！」鍋のふたもこわれ、彼女はうんざりしてつぶやいた。

「ミランダ、どうしたの？」サラが入口に立って、キッチンの混乱振りを眺めている。

「ごらんのとおりよ！　パーティに間に合いそうにもないの。もういや！　せり市で引きまわされている牛みたいな気分だわ。お客さまがなんとおっしゃるか、目に見えるみたい」ミランダは両手に顔を埋《うず》めて泣き出した。

サラはためらっていたが、やがておだやかに口を開いた。「手が足りなかったのよ。二人で大車輪でやれば、だいじょうぶ。それからゆっくりお風呂に入れば、気分もよくなるわ。ね？」サラはブラウスの袖をまくって、用心深くキッチンに入った。「わたし、見かけよりは役に立つのよ」サラは、ミランダが目を見張ると、顔をしかめて笑った。

「あ、ありがとう。どうしてこんなにめちゃくちゃになったのか、ほんとにわからないの。でも、きっと神経質になりすぎていたせいね」

「わかるわ。わたしもパーティに出るっていうのはどうかしら？　あなたをほんとに好きになった家族の一員として、パーティに出て精神的な支援をするの。どう？」

「あの……わたしのことで気に入らないことはちっともないと、みなさんに見せてくださるの？」

「そうよ」

「うれしいわ。でも……だって……あなたに……」

「そのくらいしか、わたしにはできないわ。それに、わたしのことは心配しないで。うまくやれるから」

サラは散らかったキッチンを見まわし、おかしそうにくすくす笑った。

どうしようもなかった状態がミランダにはましに見えるようになった。ニコラスから、法廷が長びいてお客さまよりあまり前には帰れそうにない、と電話がかかった。

ミランダはほっとして受話器を置き、ふざけた顔をしてみせた。「わたしがどんなにおばかさんか、ニックにばれなくてすむわ」

「あのドレスを着れば、やっぱり兄はびっくりするわよ。髪をアップにしたら？」

「わたしはだめ。髪に癖があって、ピンをスープに落とすか、クリップをデザートに落とすかするに決まっているから」

「わたしがしてあげるから、だいじょうぶよ」

しばらくのち、ミランダは化粧台の前に座っていた。

サラがきいた。「どう？」

「すてき。自然に見えるわ。だけど、乱れないかしら？」ミランダは髪に手を当ててみた。

「あまりさわらなければ、だいじょうぶ。ヘアスプレーをかけてね。あなたがとびはねたりしなければ、崩れたりしないと保証するわ。いいカットね。どこで？」

「知りたい？」ミランダは謎《なぞ》めかした。

「もちろんよ」サラが頭をかしげ、鏡の中で二人の視線が合った。「まさか自分でカットしたってわけじゃないんでしょう？」

「すぐばれると思ってたんだけど」

「ちっとも。脱帽よ、ミランダ。ほんとに。さあ、わたしも着替えなくちゃ！」

お客さまより五分前に帰って来たニコラスは居間の二人を見て、ふしぎそうな顔をした。

「これはこれは」

彼はサラからミランダへ視線を移し、ミランダのアップの髪と、彼女の体にまとわりつくような、それでいて上品なドレスに目をとめた。ドレスはぼかした灰色で、ミランダのグリーンの瞳をいっそうきわだたせている。

高級ブティックでそのドレスを試着したとき、デザイナーが言った言葉をミランダは思い出していた。

〝神秘的ですね。ストラップレスやバックレスよりずっと魅力的で、男性ならはぎ取ってしまいたくなるほどですよ……〟

ニコラスが静かに口を切った。「ぼくが絵描きだったら、きみたち二人を並べて描きたいね。とてもきれいだ」

そのあとはまるで旋風のように時間が過ぎた。ドレスに満足していたし、サラもそばにいたので、ミランダはおしゃべりにもすきがなかった。あるときサラが彼女の耳もとへ口を寄せた。モカスフレに猫か何かがいたずらしたらしいので、出したものか心配だ、と言うのだ。

「ニックなの。忘れていたわ。キッチンで切って出していいかしら?」ミランダは自分の声におかしさがこみあげてくるのを抑えることができなかった。

だが、見ると、サラは憂うつな顔をしている。

「気分が悪いんですか?」

「ううん、だいじょうぶよ。リリアンのことを考えていたの。このスフレを投げつけてやりたいわ!」

「もうへとへと!」

最後の客、デイビッド・マッケンジーを送り出したあと、ミランダは自分が大きな声を出したのに赤くなった。

「早くやすむといい。大変な一日だったろうからね」ニコラスが言った。

ミランダはサラと目が合い、彼女がウインクみたいに片目をつぶったのを見てびっくりした。

「ミランダのおかげで、お兄さまも鼻高々ね。へとへとといえば――あなたがたの気持もわかるわ。じゃまたあした!」サラはベランダへと出て行った。

「うまくやったんだね。どうしたの?」ニコラスがふしぎだと言わんばかりにきいた。

「わたしが何かしたってわけじゃないわ。ただ……そうね、いつか話してあげます」

「もうそのまま眠ってしまいそうだよ。さあ、おいで」彼はミランダの手を取って寝室に入った。

ドレスをゆっくり脱ぎながら、彼女は少し……何かし残しているような感じがしていた。

ため息をついてブラシを化粧台に置き、ランプを消す。明かりがついているのはベッドのわきだけだ。

ニコラスは眠っているものと思っていたのだが、両手を頭に敷いて、彼女のほうを見ていた。

ミランダはカーペットの真ん中に突っ立って、バイオリンの絃《げん》のように細かく震えながら、夢を見ているのかしらと考えていた。彼は身動きもせず、一言も言わない。

　彼女はすっかり混乱していた。ニコラスが初めて彼女にリードを任せているように見えたからだ。

　疲れているせいかしら？　ミランダはそう思った。この機会を利用しようとすると、ばかをみるだけだろうか？

　やってみたら？　心の中にそう促すものがあった。やぶれかぶれになってみたら？　かつてのミランダ・スミスに戻って、このときを思い出に残る機会にしたら？　いえ、わたしはかりそめの妻にすぎなくて……ほんとうはまだミランダ・スミスなのだ。それにもかかわらず、希望のない恋のとりこになっている。

　ミランダは無意識のうちにナイトガウンのレースをとき、ガウンはかそけき衣ずれの音をたてて床に落ちた。彼女は目を見開き、ベッドのそばにひざを折った。

　ニコラスは黙って彼女を抱き、こわれやすい宝物を扱うように愛撫《あいぶ》した。

10

翌朝遅く目覚めたとき、ミランダは危機を乗り越えたような気がしていた。ニコラスはもう出かけている。彼女はまだベッドに入ったまま、その感じを推し測ってみた。

ニコラスをこんなにも愛していることが、はたして彼にはわかっているのだろうか？　だが、ゆうべのことを思い出すと、そのかすかな落ち着きのなさも吹きとんでしまう。

その日のお昼近くになって、ミランダはサラがふしぎそうに彼女のほうをちらちら見ているのに気づいた。喜びが目に現れていたのだろう。

静かな川の流れのように夏の暑い日々が過ぎてゆき、ミランダは、その日感じた落ち着かなさが、単なる錯覚ではなかったことに気づいた。ニコラスとの関係はちっとも変わっていなかったからだ。一体感とよそよそしさが奇妙にまじり合っているのだ。ミランダの目に現れていた喜びの色はもう消え、代わりに警戒心がのぞいた。

しかし、サラ自身は明らかに危機を乗り切るところまできていた。不幸と絶望の殻から抜け出そうとし、苦痛に満ちた表情が徐々に薄れかけている。

二人は庭をぶらぶら歩いたり、ピアノを弾いたりしながらよく一緒に過ごし、ニコラスに迫ってプールを改修させたりした。太陽が傾き、ブリスベーンの亜熱帯の暑さが和らぐころ泳ぐのが習慣になっていた。

一度だけ、サラは失恋の話をした。結婚している男性が若い女性と恋におち、最後は妊娠したその恋人を捨てて妻のもとへ戻るというテレビドラマを見ているときだった。サラは急に立ちあがってテレビを消し、暗くなった庭を見つめていた。

「サラ？」ミランダは心配になって声をかけた。

しばらくして、サラは振り返った。「そうなの、ミランダ。あんなふうだったの。もっとも、わたしはドラマの彼女のように十代のナイーブな娘じゃなかったけど。自分では世慣れていると思っていたのね」

「それで赤ちゃんは？」

「流産してしまったわ。そのときは、子供もうまく育てられないと、とても悲観して」

それからというもの、二人は目に見えないきずなで結ばれ、言葉もいらない姉妹のような関係になっていた。そして、今度はサラが義姉のミランダのことを心配し始めたのだ。初めはミランダもなんのことかわからなかった。

雑誌をめくりながら赤ちゃんの写真を見つけると、サラは言った。「この古い家にいつ子供の足音が聞こえるのかしら？　わたしのたてた足音を最後に、ついぞそんな雰囲気はなかったわけですものね」

ミランダはエプロンで手をぬぐった。なぜかむずがゆい感じだ。「わたしたち、結婚してまだ三カ月よ！　もう少し時間をくださらなくっちゃ」彼女は布をつかんでオーブンを開けた。

「それを聞いてほっとしたわ」とサラ。

「あら、どうして？」

「あなたがたは子供は作らないんじゃないかって変な気がしていたの」

ミランダは背中を向けた。とうとう持ち出されてしまった！　しかし、サラを助けるために結婚したのだと、どうして打ち明けられよう……。

ミランダは流しの仕事を続けながら、夢中で考えていた。

「でも、サラ、どうしてあなたはそんな気がしたのかしら?」

サラは直接には答えなかった。「わたしはあなたにお世話をしていただいたわ。それが参考になるとすれば、あなたは立派なお母さんになれてよ」

「どういう意味?」

「わたしは盲目じゃないのよ、ミランダ。ここに来てから、わたしを子供のようにあなたは導いてくれたわ」

「いけ……なかったかしら?」

サラは目を閉じた。「いけないって? とんでもないわ、ミランダ。わたしがどんなに感謝しているか!」サラが目を開けると、まつげに涙が光っていた。「二カ月という短い間に、もう一度生きてみようとする気持を植えつけてくださったのよ」

「たいしたことはしませんでしたけど」

「とんでもないわ。あなたはせんさくしたり、生活の一部を断ち切ってどこかに埋めてしまうよう忠告したりはしなかったわ。説明するのがむずかしいけど、あなたにはわかってもらえると思うの。わたしは身動きの取れない恋をしてしまって、息もできないほどだった。あなたのほかにはだれもわかってくれなかった。わたしの中にもう一人狂った人間がいるみたいに、みんなは忘れてしまえと言ったけど、あなただけよ……その苦しみをかかえて生きる勇気を与えてくれたのは」

「あなたのおっしゃるとおりだわ」と言って、ミランダは口をつぐんだ。サラとは正直に何もかも打ち明けて話し合ったような気がするが、ニコラスとは一度もない。サラがけげんそうな顔をしているのに気づいて、ミランダは続けた。「あなたは恋をしなかったみたいに忘れてしまったり、その恋を恥じているように振舞うことができなかったんだと思うわ。でも、その恋だけがあなたの人生のすべてではないわ。そこから成長する余地はあるんですもの」

二人はじっと見つめ合っていた。

サラが静かに口を開いた。「そのことがわたしにもわかったの。あなたのおかげよ、ミランダ。これからはちゃんと生きてゆけるわ。落ち込んだり、心細いときはいつもあなたのことを考えることにするの。……それから、もし、わたしにできることがあったら、わたし、あなたの助けになりたいの」

サラは知っているのだ。二人は抱き合い、涙を流した。サラにはわかっているのだ。

それから数日、ミランダはそのことばかりにこだわっていた。ニコラスがわたしを愛していないことをサラは知っている。一緒に住んでいれば、察しがつくことなのだろう。しかし、彼がなぜわたしと結婚したのか、そのわけも知っているのだろうか？

それは突きとめられないほうがいいわ。

そうしているうちに、サラが夕食の席で爆弾発言をした。

「ニック、わたし、仕事を見つけたの」

ニコラスはびっくりしていたが、さすがに表には出さず、説明を聞いた。サラは南部の新聞のクイーンズランド州通信員になるというのだ。

「一週に一度コラムを担当して、こちらの政治とかそういった記事を書くことになったの。蜂みたいに足で取材してまわらなくちゃならないわ。どう思う？」

ニコラスは顔を伏せた。「何も言うことはないよ」声は意外に平静だ。

「だれのおかげだかわかるでしょう？　大好きなあなたがた二人が奇跡をもたらしてくれたの。感謝し切れないくらいよ。それから、こんなことはしたくなかったのだけど、近くにフラットを借りて住むことにしたの。わたしは自立しなくちゃならないでしょう？　一緒に暮らしたいんだけど、自分を試してみなくちゃならないから」

ミランダはニコラスの肩に手を置いて言った。

「わかります。だけど、寂しくなるから、できるだけしょっちゅういらしてくださいね」

サラが引っ越して行った日、ミランダは、わたしはどうなるのかしら、と考えた。

庭を眺めているうちに、急に体が震えるのだった。錯覚かもしれなかったが、太陽の光にもかげりがあるように思える。しかし考えてみれば、冬が近づいているのだから無理もない。冬が来れば、ニコラスの情熱も冷めるのだろうか？

どうしてそう暗いことばかり考えてしまうの？　いまは幸せでいることよ、ミランダ。

だけど、ことなかれ主義でのんきにしていていいのだろうか？

「ああ、いやだ！　ほかの人のことだと強いのに、自分のことになると、わたしはからきしだめなんだから」ミランダはつぶやいた。

日が短くなるにつれ、ニコラスが長時間働いているように思えた。そのころ、彼は時間のかかる、むずかしい訴訟にまき込まれ、いらいらしていた。無理もないと考えようとしたが、彼女はいつか失敗しそうな気がして仕方がなかった。

ミランダは彼の緊張をほぐそうと、いろいろ考え、いくつかは成功した。ある週末にはブリスベーンの南西にあるラミントン国立公園に誘ってみた。ロッジはほとんど二人だけの貸し切りの状態で、ひんやりした空気や美しい景色、それに鳥たちの姿が奇跡をもたらしてくれた。ニコラスは目に見えてくつろぎ、森を歩いたり、夜たき火を囲んで過ごした二日間はハネムーンが舞い戻ったような感じだった。

無理に海釣りに誘った週末も、彼は大いに楽しみ、ミランダのことを釣りマニアだが獲物は少ないと痛烈にからかったりした。

失敗したのは次の計画だった。

新聞の興行欄を調べて、ヒットしている演劇の座席を予約したのだが、なぜかニコラスは気に入りそうにもないという予感がした。観劇の日、ミランダは特製の夕食を用意し、灰色のドレスに着替えて待っていた。彼が帰って来ると、まず食前のシェリー酒を注いで手渡した。

「なぜ、またおめかしをしているんだい？」

ミランダは努めて平静に計画を話した。

ニコラスはネクタイをはずし、どっかと椅子に体を沈めた。「どうしてそんなことを思いついたんだ？」

「お仕事が大変なようだから、少しは気晴らしをなさったほうがいいと思って。このお芝居、みんなおもしろいって言ってるわ。ウイットに富んでいて知的だって……」

「みんなってだれのことだ？　きみは実際にその芝居を見た人と話したのか？」

「い、いいえ、読んだだけよ」

「読んだものを簡単に信じちゃいけないね、ミランダ。きみなんか並みの人間が」ニコラスは痛烈に言ってのけた。

「どういうことかしら？」ミランダは感情を抑えて口を開いたが、やがて怒りがほとばしり出た。「わたしがだれと話ができるとおっしゃるの？　もちろん、バスの運転手とか、ごみ回収人のことね。その人たちがわたしのレベルだとおっしゃりたいのね？」

「そんなことは言ってないよ」ニコラスは急におもしろそうな顔をした。

「おっしゃったと同じだわ。どうぞ！　その調子でおやりになったら？」

「できればね。だけど、ドレスのことで前にも同じような経験をしたことがあったんじゃないかな？」

ニコラスの黒い瞳があざ笑っているように見えたので、ミランダは凶器でもそばにあれば、彼を傷つけかねないくらいだった。

だが、彼女は深呼吸をして気持を落ち着かせた。

「わたしはただあなたが――わたしたちが楽しめればいいと思っただけよ。芝居を見たいと思うのはいけないことなの？」

「芝居見物にいけないことなんかないさ。ぼくが気に食わないのは、それを口実におめかしをし、えせ文化人の仲間に加わって見せびらかすことなんだ」

「そんなこと、考えてもいなかったわ！」ミランダはくるりと向き直った。泣き出していたので、指にマスカラがついている。そのせいで、いっそう腹が立った。「あなたみたいな人たちばっかりなのに、どうしてわたしが仲間に加わりたいと思ったりするの？」ミランダは食ってかかった。

「けっこうだね」ニコラスも反発してきた。「きみはまともな演劇は一度も見たことがない、と言いたかったわけだ」

ミランダは答えようとしたが、言葉にならなかった。二人とも怒りに押し流されそうに感じて、彼女はなんとか冷静になろうとした。だが、ニコラスの次の言葉がその努力を吹きとばしてしまった。

「それともあれかい、田舎芝居のヒロインをつとめて、演劇通とでも思っているの？　ビル・ハートレイがロメオ役で、きみはジュリエットを演じたってわけか？　流れ者の牧夫がヒギンズ教授をつとめて、きみはエリザって配役のほうかい？」

ミランダは手を振りあげて、ニコラスにとびかかった。目は怒りに燃えている。

「あなたって……！」

「それを言っちゃいけないね」彼はミランダの手首をつかまえて、まだるっこい言い方をした。「お母さんはそんなこと教えなかったはずだ」

母のことを言われて、ミランダは凍りついた。闘争心が失《う》せ、顔を伏せた。「そのとおりね。でも、おかしな話だわ。母はあなたの味方をしたとは思えないのに。放して」

「そうかな？　しかし、いずれにしても、ぼくはきみと結婚したよ。そうだろう？」

ミランダは自分の感情と闘っていた。言いたかったのは、ニコラスがごう慢な冷血漢だということだった。ニコラス・バーレットと知り合ってから、何も学んだことがないとしても、そのことを徹底的に議論してみたいことだけは確かだ。

そしてまた、彼が愛撫《あいぶ》を始めたらどうなるかも、よくわかっていた。

「そうね、それは間違いないわ。あら、大変！　オーブンに入れたまま。真っ黒焦げになってしまうわ」

ミランダは立ちあがろうとしたが、ニコラスは手首を放そうとはしなかった。

「ベルに救われたね」

ニコラスは唇をゆがめ、彼女の手を握りこぶしにした。そのこぶしがあまりに小さく取るに足りないものに見え、ミランダにはいまの自分を象徴しているように思われた。


次の朝、ミランダは劇場の切符を破り捨てた。もう一つの象徴のようだ。あわててあやまちを繰り返すことはするまい。彼女はそう思った。よい奥さんとして、家の中に閉じこもっているのよ。夫にあらゆるくつろぎと慰めを与えてあげればいいんだわ。

だが、ミランダは両手に顔を伏せていた。涙が指の間をこぼれる。夫との間にある壁をどうして越えることができないのかしら？　何かわけがあるはずだわ。だちょうのように砂に頭を埋《うず》めて、現状に満足しているのはよくない。夫にとって単なる肉体で

あったり、料理人や家政婦であったりするだけでは
もの足りない。

ミランダは泣き顔を手でぬぐって、つぶやいた。

「彼にはそれでいいかもしれないけど、わたしは満足できない。一戦交えなければ、出て行かないわ！　ニックってだれなのよ、一人の男性にすぎないじゃない……」

一人の男性と言ってみても、胸苦しくなるほど愛してしまった相手であり、ほかの男性に代わりがつとまるはずはなかった。

ミランダは大好きな庭園をぼんやり眺めていた。ドレスや観劇のことで言い争ったことを思い出し、どうして彼はあんなことでわたしをいじめるのかしら、と考えた。彼にはわたしの弱点がわかるのだろうか？　でも、わたしがおぼつかない気持でいたとしても、それはわたしがあの人のしゃれたお友達より平凡だからではなく、彼にたいして自信を持っていないからなのだ。

それとも、ニコラスがわたしをいじめるのは、わたしの第一印象がまだ尾を引いているからなのだろうか？　観劇のことも、わたしと一緒にいるところを友達や同僚に見られたくないからなのかしら？

ミランダは窓ガラスに指でいたずら書きをしながら、すっかり落ち込んでいた。すると、とつぜん父の言葉を思い出した。かつての自分の決意もよみがえってきて、彼女は自然に大きな声を出していた。

「あの人の妻になるわ。いまそうではなくても、そうなってみせる！」

その新たな決意は、すぐに試されることになった。しばらくあとで客間の窓ガラスを磨いていると、義姉のリリアンがスマートな車から降りて来るのが見えたのだ。

客間は散らかっていた。

「まあ、大変！　なんとかなるかしら？　だめだ

わ」

ミランダが玄関のドアを開け、二人は一瞬おたがいを見つめた。リリアンは優雅に装っていて、一分のすきもない。ミランダのかまわない様子を見て、彼女はちょっとまばたきした。

「あら、こんにちは！　どうぞ、お入りください。大掃除に取りかかっていて……居間のほうがよろしいと思いますわ」

ミランダは客間から居間へと義姉を案内した。

椅子に座ると、リリアンが口を切った。「ニコラスはあなたにお手伝いさんを雇ってあげたほうがいいと思うわ。広い家だから」

わたしがお手伝いさんよ。ミランダは心の中でつぶやいた。ベッドをともにするお手伝いさんよ。

「なんとかやれますわ。いくらか経験もありますから」

リリアンは薄いまゆをあげ、ちょっと困惑した様子を見せた。「そう」と答えて、ようやく切り出した。「実はお願いがあって来たの。二週間もすると、わたくしたちの結婚記念日でね、サラにぜひ来てほしいの」

「それでしたら、あの人に直接おっしゃらなければいけませんわ」

「それは言ったわ。だけど、家族のお祝いごとには一族の全員が出席しなければ、あの子も出ないと言うの」

「なんですって……わたしを含めてですか？」

「だれのことだと思っていたの？」

「わかりました。ですけど、サラはほんとにうかがいたいと思っているのかしら？　彼女は忙しいし、パーティをどう思っているか……ご存じでしょう？　わたしの言ってること、おわかりと思いますけど」

リリアンは自分の手に視線を落とした。「妹は出ると約束してくれたわ。家族の集まり以上のパーテイじゃありませんしね。それに、このことは言っておかなきゃならないわ。ミランダ、わたくしたちの家族は意見は違っても、親しい関係なのよ――最近まではそうだったのね。サラはわたくしの子供にそれはやさしいのだから」

ミランダは黙って聞いていたが、口を開いた。

「あの、もしわたしがその家族を分裂させてしまった、と責めていらっしゃるのなら、それは一方的だと思います」

「あら？　だけど、サラがわたくしたちから離れようとしたのは、あなたのせいではなかったかしら？　あの子はそう言いましたわ」

ミランダは歯ぎしりし、リリアンをにらみつけた。だが、義姉は素知らぬ顔だ。

ミランダは立ちあがり、数歩離れた。この人には通じないわ。わたしのことを決めてしまっているのだから。けんかしてどうなるのだろう？　自分が傷つくだけだわ……それに、サラも。

ミランダは振り返った。「ニックに任せますわ。見せかけだけのことですものね？　パーティに出たからといって、あなたがわたしに持っていらっしゃる以上の好意を、わたしがあなたにたいして抱いているということにはなりませんものね？」

リリアンはびっくりした顔をしたが、すぐにごう慢な表情に変わった。「サラのことが好きだとおっしゃるのなら、がまんしてつき合わなくてはね」

「やってみますわ。心を決めたら、演技には自信がありますから。むしろ、あなたのことが心配ですわ。サラはとても敏感でしてよ」

リリアンも立ちあがった。「あなたの演技力には疑問はないわ。職業を間違えたんじゃないかしら？　ニックの熱が冷めたら、あなた、女優に転向したらどう？　だけど、妹のために、わたくしはあなたと競り合ってみせるわ！」

「リリアン」ミランダは歯をきしらせて応じた。「ニコラスが聞いたらなんと思うか、お考えになってますの？」

リリアンは肩をすくめた。「ニコラスも正気に戻るかもしれないわね。わたくしたち一族をどんなにばらばらにしているか、気づくかもしれないわ。あなたがこんな態度だから、サラがどうなっているかもね。あなた、弟があなたを外に連れ出さないことに気づいたことあるの？　弟はとても洗練された人間だから、いつまでもこんなささやかな愛の巣に満足なんかしていないわ、ほんとよ……じゃ、二週間後にお目にかかるわね」

リリアンの車が車寄せを出て行くのを見ながら、ミランダはつぶやいていた。「信じられないわ！　わたしが弟と結婚したからといって。わたしをなんだと思っているのかしら？　伝染病か何かかと思っているの？」

彼女は真鍮《しんちゅう》の置物を取りあげ、狙《ねら》いをさだめて、みにくい陶器の人形に投げつけた。人形は粉々にこわれて、じゅうたんの上に散らばり、彼女はすっとした。しかし、それも長くは続かなかった。電気掃除機を手に家具の下にもぐり込み、破片を片づけなければならなかったからだ。

そのうえ、大掃除の続きで客間をきれいにしなければならないのだから、気分はちっともよくならなかった。

「まったく狂ってるわ！　だれが秋に大掃除《スプリングクリーン》をするっていうのかしら？　わたしは狂っているんだわ！」

外で車のとまる音がした。ミランダははっとし、しわくちゃになった自分のジーンズ姿を見て、げんなりした。ベランダに出てみたが、もうやけになっていて、ニコラスになんといやみを言われようと、かまわないといった気分だ。

ニコラスが明るい赤のミニカーから長身を出すところだった。彼の車は故障したか、修理に出したのだろう、とミランダは思った。

「ほら」と言って、彼は鍵を投げてよこした。

ミランダは美しく腰を曲げて、鍵がベランダの床に落ちる寸前に受け取り、体を伸ばしながら、「なんですか?」ときいた。

「きみのだよ」

「何が?」

「車だよ——ほかに何があるって言うんだ?」ニコラスはドアのわくに肩を預けて言った。「バスの運転手はあまり気の利いた会話はしないと聞いたんでね」

「バスの……運転手ですって?」

「それとも、ごみ回収人かな」

「まさかあなたは……?」

ニコラスは肩をすくめ、うなずいた。

「わたしはそんなつもりで言ったんじゃないわ!」ミランダはまくしたてようとしたが、舌がもつれてしまった。

「わかってるよ。そうでなきゃ、バスか化け物のようなごみ運搬車を引っ張って来たよ。あしたは職場へぼくを送ってくれなきゃだめだよ。ただし、運転には十分注意するようにという裁判官の言葉を忘れないようにね」

「ニック……」ミランダは彼のあとからついて行きながら頼みごとをするように始めたが、彼が急に振り返ったので、びっくりした。「車を買ってくださることはなかったのに」

「わかってる。だから、買ったのかもしれない。喜ぶと思ったんでね」ニコラスはミランダの困ったような顔を見てかすかに笑い、それからまじめな表情になった。

ミランダはつま先立って、夫にキスした。「ありがとう。どんなに感謝していいか、わからないわ」

彼女は恥ずかしそうだ。

「一つ感謝の気持を示す方法があるよ」ニコラスはからかうようにまゆをあげた。

「い……いまですか？」ミランダは赤くなって言った。「だって、わたし、汚れているから！」

「じゃ、少しあとにしよう。バーレット夫人、夕食後おつき合いいただけますか？」

彼女は黙ってうなずいた。そんな彼が大好きで、死んでもいい気分だった。

お風呂に入っているとき、ミランダは心に決めた。ニコラスのためにもサラのためにも、リリアンとうまくやってゆこうと。

だが、ふと奇妙な疑惑にとらわれた。あの車は別れの贈り物のつもりではないのだろうか？

ミランダは体が震えたが、せっかちな結論にはとびつかないことにした。

「ニック」ミランダは食事をしながら、とつぜん切り出した。

「うん？」

「きょう、リリアンが見えたの」

「ほう。なんでまた？」

「結婚記念日のパーティにご招待よ」

「晴天のへきれきだね！　びっくりして腰を抜かしたんじゃないのかい？」

「そうでもないけど、サラのために伺ったほうがいいと思うの。わたしの想像では、サラがきっと、わたしを認めなければ絶縁するって、お姉さまに挑戦状を出して、おどしたんじゃないかと思うの」

ニコラスはわずかにまゆを寄せ、じっとミランダを見つめた。「なるほど。リリアンはきみを認めると言いに来たのかい？」

彼女はためらった。「ええ、そういうこと」

「きみはリリアンを許せるの？」

「ええ……まあ。ほかに方法がないでしょう？　それに、サラやあなたがリリアンの子供たちから切り離されると思うと、たまらないわ。だけど、まずあなたにきいてからってお答えしたの」ミランダはあわててそうつけ加えたが、それはニコラスの表情を見て、彼はわたしを自分の一族に引き入れたくないのかもしれない、と思ったからだった。

「わかった。きみの言うとおりかもしれない。サラはあそこの子供たちが大好きだからね。妹のために行くことにしよう」

ミランダが食事のあと片づけをしていると、ニコラスが声をかけてきた。

「ほっとけばいい。それに皿洗いをする格好じゃないよ」

彼女は手を休め、彼の贈り物のぼかしたグリーンのドレスを見た。「わたし……これを着けたのは、あなたが……わたしたちが……あの……」

「それを着たわけはわかってるよ」そう言って、ニコラスは彼女の頭からつま先まで裸にするように眺めた。「狙いは十分達せられている。その効果を見せてあげるよ。来てごらん」

ミランダは目を伏せたが、心臓はとんぼ返りを打っていた。

彼女はニコラスの腕の中へゆっくり歩み寄った。初めてのときのように恥ずかしく、こわい感じだ。彼はミランダの髪に手を入れて、顔を上向かせた。彼の目は考え深げに、半分閉じられている。

愛しているわ！　ミランダは全身で叫びたかった。だが、言えなかった。

ニコラスの目は彼女の震える唇を見つめている。手は首から肩へと動き、自分の抑制心を試すかのように、しばらくとどまったあと、ドレスの中へともぐり込んだ。

彼女は一瞬、彼が背を向けて行ってしまうのではないかという恐怖にとらわれた。

しかし、ニコラスはしっかり彼女を抱きとめ、失神してしまうのではないかと不安になるくらいキスを重ねた。それから腕に抱きかかえ、寝室へと運んで行った。

11

　ミランダは、それからの二週間はまたたく間に過ぎて行ったように感じた。リリアンの結婚記念日が近づくにつれ緊張は高まるのだが、ニコラスとの間は、サラが一緒にいたころに戻って仲間のようにうまくいっていた。

「波風を立てないことが大事なんだわ」ミランダは自分の小型車を洗いながら、つぶやいた。「波風が立つと、こわかったのかもしれないわ。きっとわたしは一生懸命すぎたのね」

　その考えは、夕食後にトランプの一人遊びをしようと思ったときに、いっそう確かなものになった。

　ニコラスは大きな鞄《かばん》をさげて帰り、客間に証拠書類らしいものを広げて取り組んでいた。ミランダはのぞき込んでみたかったのだが、彼の注意を引く勇気はなかった。

　彼女はやむなく食卓にカードを出し、ラジオを聞きながら、一人遊びに熱中した。商業放送のコマーシャルがうるさかったので、ダイヤルをまわしていると、公共放送局がリトルフのスケルツオを流しているのが聞こえてきた。

　ミランダは目を閉じ、気持よさそうに体を横たえた。トランジスターのきんきんする音でも、その曲の美しさをそこなうことができないようだ。

「ミランダ？」

　曲は最後のコードにかかり、鳥肌の立つほど感動していたミランダは、彼の声にびっくりした。

　目を開けると、ニコラスが意外なほど温かい目つきでのぞき込んでいる。

「この曲、大好き。わたしの中で和音が共鳴するみたい。こんな美しい曲を作曲できるってわけではないんだけど、何かわたしに訴えているみたいなの。わかる？」

「話してごらん」

「ほかのことがどうでもよくなる感じよ。魂が不幸や悲しみを全部昇華してしまうの。それを聞けば、ほかの人たちが絵画や文学に感じているに違いないものをわたしは感じる。落ち込んだ深い穴から抜け出せるような。想像してもごらんなさい、人を奮い立たせる力が持てるなんて！　その力が天才と呼ばれるものなのね。いままではちっともわからなかったけど」

「大方の人間はわからないさ。しかし、きみには核心に触れるふしぎな才能があるね」

「あなたには天才というものが少しもわからないってこと？」

「いや、そうじゃなくて……」

「わかったわ。わたしがこんなことを言うのがふしぎなのね。わたしにもふしぎだけど……」

「ミランダ」ニコラスは何か言いかけたが、彼女は最後まで言わせなかった。

「あなた、ペイシェンスってトランプの一人遊びおできになる？」

「うん。うまい名前をつけたもんだ」

「ほんとね。だけど、いまはポーカーをしましょう！　わたしはポーカーを覚えようとして、揺りかごから落ちたことがあるのよ」

おもしろそうに目を輝かして、ニコラスは椅子を引き寄せた。「さあ、ぼくを恨むことになっても知らないぞ。何をかける？」彼はいたずらっぽく笑った。

「服を脱がせようと考えていらっしゃるのなら、わたし、そんなゲームはしないわ」

ニコラスは声をたてて笑った。「不吉な予感がするな。きみの好戦的な表情を見ていると、疑いを知らない男がきみにかけを申し込んで、どんなひどい目にあったか、目に浮かぶよ」

ミランダは思い出して、にやりとせざるを得なかった。「その人はわたしが兄たちとポーカーをしていたことを知らなかったのよ」

二人はしばらくポーカーを楽しんだ。

「さあ、あなたに一ドルの貸しができたわ」

「きみにこのゲームを教えた人たちは、よくわかっていたんだな」ニコラスはまじめな顔をして一ドル札を彼女に手渡した。「再試合をしなくちゃならないね」彼は立ちあがり、いかにもくつろいでいるように、気だるく背伸びした。

リリアンの訪問後、ミランダが初めてサラに会ったとき、サラは面食らった様子だった。

「リリアンがほんとうに謝ったの？」サラは信じられないといった表情だ。

「……まあね。みんなあなたのおかげよ。でも、わたしのことで危ない橋を渡ることはないわ」

「ミランダ、そうしなきゃならなかったのよ」サラは強くそう言ったが、急に話題を変えた。「それで、結婚記念日にはいらっしゃるの？」

「ニックはいい考えだと思ってるらしいわ。何を着て行くか、選ぶのを手伝ってくださる？　あの灰色のドレスをもう一度着て行ってもいいんだけど、あのドレスは一度——正確には二度、だめにするところだったのよ」

「どうしたの？」

「いえ、なんでもないわ」ミランダの耳のあたりがかすかに赤くなっている。「それはそうと、わたしの新しいおもちゃをごらんになったかしら？　新しい車よ。一まわりなさる？　だけど、わたしには危険な運転歴があることを前もってご忠告申しあげるわ」

「信じられないわ」サラはにっこりした。

「ほんとよ。そのために、あなたのお兄さまに会えたんですもの。ニックは法廷でわたしの相手の弁護か何かしていたのよ。ご存じなかった？」

「まあ！　兄はいやらしかったでしょう？」

「あとでそうだとわかったわ。法廷では何も言わなかったけど、偶然わたしのことを話しているのを聞いてしまったの。親切……ではなかったわね」

「想像がつくわ」サラは落ち着かなそうな表情をした。「だけど、わたし……」

「わかってます」

「いずれにしても、兄に謝らせたみたいね」

「謝らせたなんていうんじゃないけど……。ね、買い物に出かけない？　どう？」

二人で選んだミランダのドレスは最高だった——くすんだトパーズ色で、彼女のグリーンの瞳をひときわだたせる。スタイルはシンプルながら、ハイネックで袖は薄くて長く、上品なカットのスカートはくるっとまわると優雅に広がる。

リリアンの結婚記念日の夕方、ニコラスは遅く帰って来たので、その瞬間から大車輪で用意をした。ミランダの姿を見ても、「いいね」と言っただけで、それ以上おしゃべりをする余裕などなかった。

車に乗ってからも、彼は運転に集中していて、ミランダは爪をかみたくなるのをなんとかがまんしていた。車はようやくバースデイケーキのように照明をした大邸宅に着いた。

ミランダは懇願するような視線をニコラスに向けたが、彼は、「いい？」と言っただけだった。彼女はうなずくしかなかった。

ことのほかエレガントな客間には七人の人たちがすでに集まっていた。リリアンはよく似合う薄紫色のドレスを着て、背が高く、きわだった容貌《ようぼう》の男性と並んで立っている。夫に違いない。こぎれいに身なりを整えた十二歳と十四歳ぐらいの男の子も一緒にいた。

サラは淡いグリーンのドレスで、とても魅惑的だ。手に飲み物のグラスを持って、デイビッド・マッケンジーを見あげて笑っている。その彼女を見る医師の表情に何か心を許したものを感じて、ミランダははっとした。彼ならサラにぴったり、そうだといいのに、と思う。

それから、七人目はサマンサ・セイモアだった。エキゾチックで温かさと豊かさを感じさせる髪の色と同じ系統のドレスを着て、わら色のソファに腰をおろしている。家族の集まり、セイモアという名字……？

そうした光景が一枚の写真となって、ミランダの心に焼きついた。リリアンが優雅に近づいて来た。

「ミランダ！　ニック、ようこそ。ミランダが知らないのはだれとだれかしら？　これがわたしの主人のローレンス、それに息子のピーターとニコラス・ジュニアよ。ローレンスの妹のサマンサはもうご存じよね？」

ミランダはショックを受け、それからの数分間どうしていたのか、あとになって考えてみてもまったく覚えていなかった。

どうしてだれも教えてくれなかったのだろう？自分でもどうして気づかなかったのかしら？　同じ名字なのは単なる偶然とばかり思っていたが、それならリリアンがわたしを憎むはずだ。

ミランダは落ち着いてくつろいでいるように振舞おうとしたが、自分が何を話し、何をしているのかわからなかった。そこには三人しかいない感じだった。自分とニコラスと、それから自分と同じように彼を愛し、結婚したがっていた女性、サマンサだけだった。リリアンがわたしを憎むのは、わたしが彼女の家族の一人を締め出したせいなんだわ。

ピーターとニコラス・ジュニアがいかにもうれしそうに叔父や叔母のそばにまとわりついている。サラはとても幸せそうだ。

食事の前にサマンサとは一度視線が合っただけだったが、ミランダは恐ろしかった。サマンサの目つきには許すとか忘れてしまったという気配はみじんもなく、今夜のパーティはリリアンとサマンサが仕組んだのではないかと疑ったほどだ。

そうではなかったとしても、二人は次に起きた偶然のいたずらを拍手して喜んだに違いない。みんなが美しく磨きあげたディナーテーブルについたとき、ニコラスに呼び出しの電話がかかった。

「あら、まあ！」リリアンはほんとうに残念そうに叫んだ。「あしたの朝ではいけないの？　せめて食事だけでもして行ったら？」

「残念なんだが、だめなんだ。いまかかわっている裁判に新しい重要証拠が出てきたらしい。きちんと調べて、あしたの弁護の材料に使わなきゃならない。電話じゃ無理なんだ」ニコラスはいらいらしている。

「だけど、あなた一人で全部を片づけなければならないの？」

「そんなことはないよ。だから、すぐ戻って来られると思うよ、お姉さん」ニコラスはそう言うと、テーブルをまわり、ミランダの肩にちょっと手をかけた。「できるだけ早く戻って来る」

ニコラスがとび出して行ってしまったので、ミランダは何も言うことができなかった。もっとも、一人にしないで……などと言って不安がるのもおかしなことに違いなかったが。

ニコラスがいなくなっても、ミランダは最初は心配したほど苦痛ではなかった。会話から取り残されないよう、サラとデイビッドが気を遣ってくれたし、ローレンスも彼女を話に加えようとつとめ、リリアンにたいする嫌悪感をその夫には感じなくてすんだ。

しかし、そうした会話を通して、ミランダはサマンサ自身も弁護士で、ローレンスの法律事務所で働いていることを知って、またしてもショックを受けた。

あの人たちはしょっちゅう会っているんだわ。ミランダはそう思い、自分だけがその世界から脱落したかのように、あるいはとてもばかな人間のように感じた。

そのときサマンサがはっきりした声できいた。ピーターとニコラス・ジュニアが寝室へ追い払われると、会話が静まった。

「ミランダ、新しい車はいかが?」

ミランダはテーブルの向こうのサマンサをびっくりして見た。「あら、どうしてご存じなの?」

「ニックに聞いたからよ。いつか仕事が遅くなって、喫茶店でやすんでいたら……ニックもそこでコーヒーを飲んでいたの」

ミランダは悪い予感がした。

サマンサはくすくす笑って、まつげ越しにミランダを盗み見た。「彼がなんと言ったか、お教えしましょうか?」

「ええ」ミランダはさりげなく答えたが、サラが落ち着かなげなのがわかった。

「あのねえ」サマンサはおもしろそうにテーブルを見まわした。「車は真っ赤で、この人が運転しているとだれにもわかるようになっているんですって。もちろん、わたしは彼に、あなたは女性排斥主義者ね、と言ったけど、彼は悪気はないんでしょう、ミランダ? それから、閣僚の車とのちょっとしたトラブルのことも……」

「やめて、サマンサ! ほんとの話にしてはできすぎているわ」サラが割って入った。テーブルがしいんとなった。「あなたはいつもこっそりかくれて機会を狙《ねら》っているのだから、兄がひっかからないのがふしぎなくらいよ。そんなことにわたしたちが気づいていなかったとでも思っていらっしゃるの？」

「まあ、サラったら」サマンサは哀れむように言った。「ニックがそうしたくもないのに、わたしにひっかかってしまうとでも、ほんとに考えていらっしゃるの？」

「サマンサ！」ローレンスの声は鋭かった。「なんてことを言うんだ！　ミランダはお客さまなんだよ。気に入らなければ、帰りなさい。リリアン！」彼は今度は自分の妻に顔を向けた。

だが、彼が言い出す前に、ミランダは立ちあがっていた。

ミランダは椅子をテーブルの下におさめ、その背に手を置いた。もうこれでおしまいにしよう。こんなふうにこの一家をばらばらにし、わたし自身もめちゃくちゃにしてやってゆくわけにはいかない。ニコラスの愛がなくても生きてゆけるけど、こんな状態で生きてはゆけない。だけど、この一家に傷を残したまま出て行くことはいけないことだわ。だけど、どうすれば……？

ミランダは顔をあげた。サラが悲痛な表情をしている。それを見て、ミランダにはもうどうすればいいかわかっていた。

「あの、みなさんがたのどなたかのわたしにたいする態度を尊敬することはできませんけど、その方が正しかったことは認めないわけにはまいりません。先見の明がおありなんですね」ミランダは肩をすくめた。「ニックとわたしは不釣り合いです。そのことがわかるのに長くはかかりませんでした」

「ミランダ！　何を言っているの？」サラは信じられないといった顔だった。

「ほんとよ、サラ。あなたはわかっているはずよ。一度慰めてくださったけど、わたしたちの結婚は、ニックにとっては……肉体的なものでしたし、わたしにとっては、そうね、まばゆいばかりで、手の届かない夢がかなったみたいな感じでしたわ。でも、間違った結婚をしたことはすぐにわかりました」

ミランダはまわりのショックがおさまるのを待って言葉を継いだ。他人ごとのように平静だった。

「わたしが富や洗練されたものに幻惑されたことをあの人が許してくれるとしても、わたしにはニックと結婚したのがなぜだったのか、わかりません。ほかの人たちより、わたしがナイーブだったのかもしれません。あの人が許してくれれば、わたしは一刻も早くその彼のもとへ戻ります」

「ビル・ハートレイのことよ」

サマンサがそう言ったので、みんなが彼女のほうを見た。ミランダのグリーンの瞳がとつぜん怒りに燃えたが、彼女はなんとかそれを抑えて続けた。

「これでおわかりでしょう。ですから、みなさんがたはわたしのことで対立して……離れ離れになることはもうありません。それから、サラ」見ると、サラはあたりかまわず泣いている。「わたしがあなたにしてさしあげたことにお返しをしてくださることがあるとすれば、それはわたしが考えもなしに引き裂いてしまったこの一家の傷口をいやしてくださることよ」

だれも、サマンサでさえ声がなかった。

「わたし……もう行きます」冷静だったミランダの声が初めて乱れた。

「なかなかいい考えだね」

入口から声がして、みんな振り返った。ミランダだけは失神しそうだった。

ニコラスが怒りに青ざめてつかつかと部屋に入って来た。「さあ、行こう、ミランダ」

12

ミランダは肝をつぶしてニコラスを見つめた。彼の目は異様に光っていて、彼女は本能的にその怒りが自分に向けられているとわかった。わなわなと震える唇をなめたが、どうしようもない。顔をそらさず、あごをあげていたものの、心臓は太鼓のように激しく打っていた。

ミランダのあとから彼が部屋を出て行き、ドアをぴしゃりと閉めるのを、みんな息を詰めて見ていただけだった。

「乗るんだ」ニコラスは厳しく言った。

ミランダは闇《やみ》の中へ逃げ出したかった。

車の中で、彼女は「ニック?」と声をかけてみたが、ニコラスはアクセルを踏み続けるだけで、猛スピードのために車が引っくり返るのではないかと心配しながら必死でひじ掛けにつかまっているほかなかった。

やがて車は家に帰り着いた。ミランダはマネキン人形のようにじっとしていた。

「出るんだ」ニコラスが歯をきしらせて言った。

寝室に入ると、彼は戸棚からスーツケースを引っ張り出した。

「さあ、荷造りをするんだ」

「あれこれ言われなくても、自分のしたいときにします!」

「それはおかしいね。向こうで、一刻も早く出て行く、と言っていたんじゃなかったのか?」

「わたし……わからないの!」ミランダは泣き出した。

「ぼくにはわかっていることが一つだけある。きみがそんなにビル・ハートレイのところへ帰りたいのなら、ぼくが送って行く。中古でも、きみの言い方を借りれば、ならし運転をして調子は上々だ」残酷にもニコラスは言ってのけた。

「まあ!」ミランダはあえいだ。「わたし……あなたときたら……!」感情のヒューズがとび、怒りが爆発した。

たまたま近くにあった銀のろうそく立てをつかみ、彼女は野生の猫のようにとびかかった。

だが、ニコラスは突っ立ったまま、手をあげようともせず、目を細め、あざけるように見つめている。

ミランダは振りあげた手をゆっくりおろし、つかんでいたろうそく立てを信じられないといった表情で置くと、わっと泣き出した。

やがて、ニコラスが口を開いた。「いいか、ミランダ、よく聞くんだ。いつ離婚するかは、きみではなくて、ぼくが決める。ぼくがきみなら、そうするね。ぼくがすっかりその準備もしないうちに、きみが自分で終止符を打つようなことをしたら、後悔することになるんだぜ」

「で……でも……」

「でももへちまもない。逃げ出したりしてもだめだ。前のときと同じように、きみを捜し出す」

ミランダがびっくりして目を見開くと、ニコラスは冷笑するようにうなずいた。

「あの日、海辺できみに会ったのは偶然じゃないんだ。覚えておくといい」

そのとき、ベッドサイドの電話が鳴り、ミランダはびっくりしてとびあがった。

「ぼくが出る」

ニコラスの事務所かららしい。彼は受話器を置くと、向き直った。

「また新しい事情が生じたらしい。いずれにしても、今夜は遅くなりそうだ」彼はしばらく考えてから、言った。「こうしよう。きみはいまのうちにやすんで、あすの朝できるだけ早く、車でバーレイヘッドの別荘に行くんだ。そうすれば、親せきの連中もかぎつけない。ぼくは新しい証拠を理由に、なんとか裁判を延期させて、あした中には別荘に行けるようにする。向こうにいるんだよ、ミランダ」ニコラスは念を押した。

「わたし……わたしは……あの」

「あしたにするんだ」彼はそう言って彼女の肩をつかんだ。「別荘にいなさい」彼の目はかつてないほど厳しく冷たかった。

「痛いわ」肩をつかむニコラスの手に力が入ったので、彼女はそうつぶやいた。

「本当ならひざにのせて、もっと痛めつけてやるところだ」彼はぴしゃりと言って出て行った。

ミランダはベッドに座り込み、なんとか頭を整理してみようとした。

だが、いくら考えても混乱するばかりだ。どうやってバーレイヘッドまで追って来たのかしら？　それに、なぜ？　わたしは彼の妹の世話はできるかもしれないし、かりそめの恋の相手ではあるかもしれないが、それにしても、追いかけて来るほどのことはないはずだ。

〝車は真っ赤で、この人が運転しているとだれにもわかるようになっているんですって……〟

ミランダはサマンサの言葉を思い出してどきっとし、目を閉じた。あの二人は何度喫茶店で一緒に過ごしたのだろう？　涙が美しいトパーズ色のドレスにこぼれるので、彼女は上を向いた。それにしても、どうして彼はあんなに怒っていたのかしら？　わたしは完璧《かんぺき》に振舞っていたわ。きっと、なんでも自分でやりとげる彼のことだから、自尊心が傷つけられたのかもしれない。わたしが出て行くと言ったから、男として立つ瀬がないと考えたのかしら？　だけど、なぜ彼は結婚してからというもの、わたしを囚人みたいに閉じ込めたままにしてきたのかしら？

「ああ！」ミランダは大きな声を出していた。「わたしはまるで……ペットショップのねずみみたい。プラスティックの……なんと呼ぶのか、あのくだらないおもちゃに乗って、ぐるぐるまわるばかり」

彼女は立ちあがり、部屋をぶらぶらした。この世の中で、彼ほどそばにいたいと思わせる男性はいないわ。だけど、どうすればいいのかしら？　それより、どうやって彼はわたしを見つけ出したのだろう？

次の朝目が覚めると、空は寒々とくもっていた。ミランダはそばのスーツケースと、手に持った三つの鍵に目をやった。家と車と別荘の鍵。

どっちを選べばいいのかしら？　実家に帰ってしまえば、父や兄や……それにビルからニコラスがわたしを奪い返すことはできそうにもない。それとも彼は暴力を使ってでも……？

別荘は記憶のままだった。海に突き出したバルコニーに出ると、右手にはバーレイヒルの森が見え、その下にエメラルドグリーンの海が広がっている。ただ、あのときの明るい陽光はなく、雲がたれこめていた。

ミランダは寝室にスーツケースを置き、催眠術をかけられたようにベッドを見つめていた。

ちょっとだけ……ほんの少しやすもう……。

彼女はぼんやり目覚めた。

「ニック？」まだはっきりしない。

「ここにいるよ」

その言葉で、ミランダははっきり目覚めた。「わたし……ちっとも知らなかったわ」

「そうだろう。ぐっすり寝ていた」

「とっくに……来ていらしたの？」彼の青い絹のシャツと緊張が残っている目を見て、ミランダは気づまりになっていた。

「そうでもない。ぼくはちょっと飲みたいんだが、きみはどうだい？」ニコラスは返事を待たずに出て行った。

ミランダは腕時計を見た。何時間も眠っていたらしく、もう夕方だ。窓の外を見ると、暗雲がたれこめ、雨が斜めに降っていた。海は石板色だ。

彼女はため息をついた。夫と話し合わねばならないことはわかっていても、いま自分がどんな気持なのかもわからなかった。とにかく壁を破ることだわ。泥棒みたいに逃げ出すのではなくて、勇気を出して彼にわからせなければ――でも、どうやって？

ミランダはまずシャワーを浴び、さっぱりすることにした。

それから、意識的に結婚前のジーンズとブラウスを着た。髪をとき、うしろにひっつめてリボンで結ぶ。それから深呼吸をして、居間に向かった。

ニコラスはグラスを手に見晴らし窓から外の嵐を眺めている。

ミランダは用意してあった飲み物を一口飲むと、意を決したようにグラスを置いた。

「ニック、ここでお話しするようにおっしゃったわ」

彼は動かなかった。

「ニック？」

彼は手に持つグラスに目を落としてから振り返った。二人は見つめ合った。だが、ミランダにわかったのは、ニコラスが疲れ、消耗しているということだけだった。

「裁判は延期になりましたの？」彼女はなんとなくきいてみた。

「うん、週末までね。座りなさい」

ミランダはまた主導権を握られそうに思ってためらったが、結局言われたとおりにした。

「お疲れでしたら、わたしは……」

「いやいい」

ミランダはようやく本題に入った。「どう言ったらいいのかわかりませんけど」彼女はもう一度取りあげたグラスを両手で揺らしながら、息をついてからはっきり言った。「あなたとの結婚生活を続けてゆくことができないんです」

雨が窓ガラスに打ちつけ、聞こえるのはその音だけだ。

ニコラスがまだはっきりものも言えない子供を扱うように話し始めた。「ビル・ハートレイのためかい？」

「いいえ。彼はもうシャーリー・テイトと結婚することにしているかもしれませんわ」

「そんなことはないと思うね」

「彼をご存じでもないのに、どうしてそんな……」ニコラスがまゆをあげたのを見て、ミランダは言い直した。「ご存じなんですか？」

「簡単なことだよ。サラが自殺を図って、きみがいなくなったとき、ぼくはビル・ハートレイに会いにグーンディウィンディに行ったんだ。きみがこのバーレイヘッドにいることがわかったのはそのためなんだ」

「ビルが……話したんですか？」

「きみのはがきを見せてくれた」

ミランダは唇をかんだ。

しばらくして、ニコラスが促した。「ビルのためでないとしたら、離婚したい理由はなんだ？」

彼女はまだ、いま聞いたのがどういうことなのか、あれこれ考えていた。「つまり……その、あなたの家族のことがあるわ。わたしたちの結婚は家族のつながりをばらばらにしてしまったのよ。ゆうべ、それがあらわになったでしょう。サラとリリアン、リリアンとローレンス、ローレンスとサマンサとみんなそれぞれ……」ミランダは息をつき、落ち着いて続けた。「わたしのためにそんなことにはさせられません。わたしたちのかりそめの結婚は、そんな結果を招いても続けるほどの価値はないんです。そうでしょう？　つまり……」

「ミランダ」ニコラスが硬い口調で言葉をはさんだ。「きみの言うかりそめの結婚のことはあとにして、ぼくはまずこのことをはっきりさせたい。ぼくがだれと結婚しようと、その結婚をいつまで続けようと、あの連中には関係ないんだ。リリアンは、サマンサ以外だれも気に入らない。ぼくがシバの女王と結婚しても、リリアンは反対するだろう。彼女は、ぼくがサマンサと結婚することに決めているからね。ぼくと結婚する相手はだれにしろ、リリアンの反対は乗り越えなきゃならないんだ。だが、ぼくはサマンサと結婚して、姉を喜ばせるつもりはまったくない」

ニコラスはミランダが何か言い出すのを待って黙ったが、彼女が応じないので続けた。

「これで、ビル・ハートレイとぼくの家族の話は終わった。あと何があるんだ？　きみは結婚してからの生活を楽しんでいたんじゃなかったのか？」彼は冷たくミランダを観察しているかのようだった。

「そうじゃないんです」彼女はみじめな気持だった。どうしてこんなにむずかしく話をする弁護士と恋におちなきゃならなかったのか、と考えていた。

「それじゃあ、きみはぼくとの結婚生活にあきあきしていたわけ？　一人の男にしばられるのが情けなくて、もっとチャンスの多い広い世間で遊びたかったのかな？」ニコラスの口もとにはからかうような笑みがかすかに浮かんでいた。

ミランダは怒りに駆られて息を詰め、立ちあがった。「わたしはあきあきなんかしてません。広い世間で……遊びたいとも思ってません。そ……そんなことをおっしゃるあなたが憎いわ。ただ、わたしはドッグショーに連れて行きたくないような雑種なんですか！　いつも裏庭につないでおかなきゃならない化け物なんですか！　それに、広い世間で遊ぶと言えば……あなたはおもしろい話し相手のようですね！　サマンサと結婚しなかったとしても、わたしのことをおもしろおかしく話すんでしょう――ミランダときたらおもしろいんだ、そうだろう？　そうだろう？　って」涙と怒りで声がかすれ、ミランダは飲み物に手を伸ばした。

「サマンサにやきもちをやいているみたいだ……」

「嫉妬《しっと》なんかじゃないわ。夫からかつての愛人の前で、その愛人からはみんなの前でばかにされるのがいやになっただけよ。いいこと、サマンサのところへ行きたいのなら、どうぞ。だけど、わたしをばかにすることだけはやめて！　こんなことを頼んで、注文が大きいとおっしゃる？」

わたしは何を言ってるのだろう？　ミランダは放心し、目を閉じた。

「ミランダ、ミランダ！」

彼女は目を見開いた。「ごめんなさい。あんなことを言うつもりじゃなかったんです。ただ……」

ニコラスが立ちあがったので、ミランダはあとずさった。

「座りなさい。まだ逃げちゃだめだ。サマンサのことをぼくははっきりさせたいからね」

彼はミランダを押しつけるように椅子に座らせ、からっぽのグラスをもぎ取り、彼女の青い顔を横目で見ながらブランデーを注いだ。

ミランダがそれを飲み、顔色が戻ったのを確かめてから、ニコラスは静かに切り出した。

「サマンサときみのことを話し合ったのは三回だけ

だ。最初はマンションで開いたパーティのあとのことだ。彼女はあんなに若くて魅力的な家政婦を置いて、変な噂《うわさ》にならないか、ときいた。ぼくは軽率にも、実は心配している、あの子はせんさく好きで、いらいらしているんだ、と返事した」

「……あら」

「その話を彼女がどんなふうに脚色し、尾ひれをつけたかは知らないが、きみに話したんだろう？」

「ええ」聞き取れないくらいの声だった。

「三度目はきみに車を買ってあげた日のことだ。車を取りに行ったら、まだ書類ができていなくて、隣の喫茶店に入った。そこにサマンサもいたんだ。彼女を避けて暮らせるわけでもないから、一緒に座った。そのとき販売会社の人が入って来て、用意ができました、赤はいい色ですね、と言って窓の外を指さしたんだ。ぼくは……こっちへ来るのが見えるのかい？　と言ったような気がする。そこへサマンサが割って入って、きみは交通事故を起こして、法廷に出たことがないかと言っていた。ぼくはすぐそこを出たんだ。それが実際の話で、彼女がゆうべきみに吹き込んだ話とは違う」

「じゃ、聞いてらしたの？」

「いや、サラがけさ電話をかけてきて、教えてくれたんだ」

「それで……二度目は？」

ニコラスはすぐには答えなかった。「それはきみの伝言を彼女が病院に届けてくれたときのことだ。ぼくはサマンサにひどい態度を取っていたから、きみと彼女の間に何かあったなと思った」

彼は肩をすくめ、窓ぎわに歩み寄った。外はどしゃ降りだった。

しばらくすると、ニコラスは振り返り、寒々とした声で言った。

「ミランダ、ぼくはサマンサとのつき合い方を誇りには思っていない。リリアンやローレンスの……期待を知らないではなかったが、サマンサにぼくが彼女と結婚すると思わせたことは一度もない。最初から——愛人という言い方にはかならずしも賛成できないが、ついたり離れたりの関係で——初めからぼくに結婚するつもりのないことははっきりさせていた。彼女が遊びで続けたいのなら、それでいいと思っていたんだ。彼女はそれで満足していると思った。それがぼくの間違いだったことは認める」

ニコラスは自分のグラスに視線を落とし、それから乾いた声で続けた。

「サマンサは病院にやって来て、悪賢い猫のような甘えた声で、きみは出て行った、と話した。彼女とはおしまいにしなければならないとわかっていたので、きみはぼくが結婚すると決めている女性で、どうしても捜し出すと言ったんだ」

ミランダはみぞおちに奇妙な感じを覚えていた。

前にも同じようなことで裏切られたことはなかったかしら？　彼はあるいはサマンサから逃げ出すために、わたしと結婚したと言おうとしているのかしら？

「ぼくの言ってること、わかってるの、ミランダ？」

彼女は顔をあげ、神経質そうにつぶやいた。「わからないわ。わたし……リリアンとかサマンサのことは……ふに落ちないわ」彼女にはほんとうにわからなかった。どうして彼はもっと前に話してくれなかっただろうか？

ミランダの気持を読んだのか、ニコラスは屈折した言い方をした。「そんなことはなかなか説明しにくいものだよ。一人の女性をほかの女性と比べてあれこれ言うことはむずかしい。とくにぼくのようにいくらか……負い目を感じているときはね」

「まあ。そうね、わたしは……わたしはかならずしも……」

「まだわからないの？　それじゃあ、いつものように」ニコラスは手を伸ばしてきた。

「だめよ！」

ミランダはしり込み、それから立ちあがって逃げ出そうとした。ニコラスは追いかけようともせず、立ったまま彼女を見つめていた。

「それは結婚を続けるのはいやだってこと、ミランダ？」

「……そうよ」彼女はそう言って深く息を吸った。

「なぜ？」

「なぜって？」ミランダは硬くなって言った。「なぜなら、あなたに恋をしてしまったからよ！　それが理由よ！　死んでしまいたくなるほど、みじめだわ！」彼女はこみあげる涙をこらえながら考えていた。言ってしまった——神さま、助けて！

「それなら、ぼくと暮らしてもいいと思うんだが。みじめだからじゃなくて、ぼくを愛しているなら……」

「そうじゃないわ。いまでもこんな気持だから、あなたがわたしから離れようとしたら、どんなにみじめか。それに、いろいろ説明してくださって、感謝はしてるけど——わたしはいまでも……あなたが裁判所でおっしゃったように、あなたのタイプじゃないって事実に変わりはないわ。あなたがわたしを人前に出さなかったわけを、わたしは知らないとでも思っていらっしゃるの？」

ミランダは怒りを目ににじませて、唇をかんだ。目を落とし，深く息を吸ってから、しゃがれた声で言った。

「ごめんなさい。ご迷惑だったと思います。こんなことにはしたくなかったんですけど、どうしようもなかったんです。ですから、もう出て行ったほうがいいでしょう——ほんとに

「ぼくを見なさい、ミランダ」ニコラスはおだやかに命じた。

彼の瞳はこれまでになく黒々としていて、決してからかっても、おもしろがっても、ばかにしてもいないように思えた。わたしを気の毒に思っているんだわ。ああ、神さま！

だが、ニコラスの次の言葉にミランダはびっくりした。

「いつぼくに恋をしたの？」

「わたし……わからないわ。どうして？」

ニコラスの目に笑っているような影が見えた。

「ぼくがきみに恋をした……あるいは、何度も恋をしたうちのどれかのときと一致するんじゃないか、と思ったんだ。しょっちゅうきみを愛していると感じていたんだが、皮肉屋のぼくの癖で、それを認めるのがいやだった」

ミランダはぽかんと口を開けていた。彼は微笑を浮かべたが、うれしそうにではなく、自ら皮肉にやり込められているような感じだった。

「変だと思わないかい？　ぼくが今夜話したことはすべて。ほんどに正しい説明になっているのだろうか？　きみと知り合ってから、ぼくは、まっとうな人間なら恋をしていなければしないようなばかげたことばかりしてきた。話し合いの名のもとにビル・ハートレイと対決するとか、妹をきみを引き寄せる餌《えさ》に使うとか、きみをただぼくのものにするだけでもできないわけではなかったのに、結婚までしてしまった。それだけでは満足できなかったからなんだ。ぼくがきみに反応したように、きみにもぼくに反応してほしかった。ぼくが求めたように、きみにもぼくを求めてほしかった。ぼくだけをね。それがきみにはわからなかったの？」

ミランダは腰をおろした。「そんなことはわからなかったわ。何をあなたに期待しているのか、ちっともわからなかったの」

「しかし、思いやりのある知的な恋人が……ほかの何よりも一番大事だ、と言ったりして、男性のことを知らないわけではなかったよ。ぼくにその恋人になる資格があるかい？」

「ええ、もちろん」ミランダはほんのり赤くなって小声で言った。「だけど、あなたは一度も愛しているとおっしゃらなかったわ」

「きみもだよ、ぼくの美しく、うぶなお嫁さん」

「わたしにはわけがあったからよ」

「二人ともわけがあるようだね。ぼくの理由を話そうか？」

ミランダは黙ってうなずいた。

やがてニコラスは奇妙に耳障りな声で話し始めた。

「きみに愛なんか信じないと言ったように、ぼくは自分がそんな気持になるとは想像もしていなかった。きみを愛していることがようやくわかったとき、ぼくはその愛を試し、分析し、どこかに欠陥がないか調べてみなければならなかった。それに、恋に破れたサラのこともあったしね。ぼくは用心深くなったし、ときには信じられないくらい残酷にもなった」

ミランダは目を丸くして彼を見つめていたが、彼がそばに来て座ったので息を詰めた。

ニコラスはおかしさを表情にちらつかせながら続けた。「しかし、一方ではきみとの生活はみじめどころか、とても楽しかった。そんな家庭の幸福というものが最初はどうしても信じられなかった。ただ、きみを最初にベッドに誘ったときに言った言葉にはこだわっていたんだ」

ミランダはぴくりとしたが、嵐の中の小鳥のように静かになった。

「何にでもなれるように、きみを助けてあげるというようなことを言ったんだ。ぼくはきみをリリアンやサマンサから守ろうとしていたんだ、と自分に言い聞かせようとしたが、実際はそんなきれいごとじゃなかった。ぼくたちのまわりに高い壁を作って、門の鍵は投げ捨ててしまいたかったんだ。サラだけは別だった。彼女はきみの助けが必要だったからね。きみを閉じ込めたのはきわめて簡単な理由からだった。きみはぼくの助けを必要としなかった。きみ自身が力を持っていたし、いまも持っている。ぼくにわからなかったのは、そして死ぬほど苦しかったのは、きみは心からぼくを求めているわけではないのかもしれないということだった」

「知らなかったわ」ミランダはゆっくりそう言ったが、彼の話をそのままは信じられなかった。

「ほんとに？　なぜ、ぼくがきみの出身地や服装のことや——考えつくあらゆる手段を使って、きみをあざけっていたのか、ふしぎに思わなかったの？　あれはぼくがそう思っていたからではないんだ。きみにそう信じ込ませて、自信をなくさせ、ぼくから離れないようにするためだったんだ。きみは何にでもなれるんだ。ぼくが教えたよりずっとすばらしい、生まれながらの資質を備えている」

二人はじっと見つめ合っていた。ニコラスは手を伸ばし、ミランダの髪に触れた。その目には退屈や皮肉っぽい影は少しもなかった。

「ゆうべはひどくわたしに怒ってらしたわね？」ミランダは何げなくそっときいた。

「うん。ちょうどリリアンの家に戻ったとき、きみが、ぼくとの結婚は間違いだったと言っていたんだ。その場できみを締め殺してやりたいくらいだった。それで答えのヒントにならないかい？」

「わたしの言ったことをほんとうだと思ったの？」

「きみがほかの男性と一緒のところを考えると、ぼくはいつも嫉妬した。ある一人の男性はことさらだ。ぼくがときどきがまんのならない人間であることは自分でもわかっている。ぼくはビル・ハートレイに

会いに行った。ほんの田舎者と思って、きみを彼から
もぎ取ろうとしたんだ。ところが、彼を好きになり尊敬してしまった――きみをぼくのところから去らせる、強力な恋がたきになるのかもしれない、と意識したんだ」

ニコラスはしきりにミランダの頭をなでている。その表情は厳しかった。

「ゆうべ、きみの言ったことを聞いたとき、彼の賢さがわかった――いや、わかったと思ったんだ」

雨が激しく窓ガラスに打ちつけている。だが、ミランダは嵐にも気づかず、まだ、信じられないようなことを理解しようと努めていた。

「ビルはあなたがわたしを捜していたことを知っていたの?」

「想像はついていたと思うね。ぼくは午前五時に向こうに着いた。少しばかり……異常な状態でね。別れるとき、彼が変なことを言ったんだ。ミランダを甘く見ちゃいけない。彼女を傷つけると、ぼくが相手になる、とね」

ミランダは流れる涙をとめようともしなかった。

「ある意味では、わたし、彼を愛していたわ。でも、それは彼が望んでいたようなものではなかったの」

ニコラスはしばらく目を閉じ、それから彼女を抱き寄せた。

「ミランダ、ダーリン、ぼくはどれほどその言葉を待っていたか!」

初めてのような長くためらいがちのキスだった。ミランダが髪を乱し赤くなってニコラスのひざに倒れたときには、胸は激しく打っていた。彼がこんなにもやさしく、こまやかであったことはかつてなかったが、同時にまたとなく刺激的でもあったからだ。

ブラウスのボタンにかかるニコラスの手は震えていた。黒い瞳をミランダの胸のふくらみや唇や目に這《は》わせながら、彼は大きく息を吸った。

「ミランダ、ここで求婚をするところだが、すでにフライングを犯しているのだから、次の段階へ進もうか？」彼の瞳には、いつものいたずらっぽい影が戻っていた。

ミランダは唇を開けたまま、ニコラスを見あげたが、その目にはいちまつの不安がのぞいていた。

いたずらっぽさが消え、ニコラスはうめいて彼女を抱き寄せると、髪の中にささやいた。「子供を作ることを考えないとね……」

「まあ、ニック」口がきけるようになると、ミランダはうれしそうにささやいた。「ええ、お願い！」

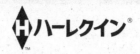

ハーレクイン・イマージュ　1984年6月刊（I-145）

都会の迷い子
2025年2月5日発行

著　　者	リンゼイ・アームストロング
訳　　者	宮崎　彩（みやざき　あや）
発 行 人	鈴木幸辰
発 行 所	株式会社ハーパーコリンズ・ジャパン 東京都千代田区大手町 1-5-1 電話 04-2951-2000（注文） 0570-008091（読者サービス係）
印刷・製本	大日本印刷株式会社 東京都新宿区市谷加賀町 1-1-1
表紙写真	© Chris Hinde ｜ Dreamstime.com

ISBN978-4-596-72122-8 C0297

ハーレクイン・シリーズ 2月5日刊 発売中

ハーレクイン・ロマンス

愛の激しさを知る

アリストパネスは誰も愛さない 〈億万長者と運命の花嫁Ⅱ〉	ジャッキー・アシェンデン／中野　恵 訳	R-3941
雪の夜のダイヤモンドベビー 〈エーゲ海の富豪兄弟Ⅱ〉	リン・グレアム／久保奈緒実 訳	R-3942
靴のないシンデレラ 《伝説の名作選》	ジェニー・ルーカス／萩原ちさと 訳	R-3943
ギリシア富豪は仮面の花婿 《伝説の名作選》	シャロン・ケンドリック／山口西夏 訳	R-3944

ハーレクイン・イマージュ

ピュアな思いに満たされる

遅れてきた愛の天使	ＪＣ・ハロウェイ／加納亜依 訳	I-2837
都会の迷い子 《至福の名作選》	リンゼイ・アームストロング／宮崎　彩 訳	I-2838

ハーレクイン・マスターピース

世界に愛された作家たち
～永久不滅の銘作コレクション～

水仙の家 《キャロル・モーティマー・コレクション》	キャロル・モーティマー／加藤しをり 訳	MP-111

ハーレクイン・ヒストリカル・スペシャル

華やかなりし時代へ誘う

夢の公爵と最初で最後の舞踏会	ソフィア・ウィリアムズ／琴葉かいら 訳	PHS-344
伯爵と別人の花嫁	エリザベス・ロールズ／永幡みちこ 訳	PHS-345

ハーレクイン・プレゼンツ作家シリーズ別冊

魅惑のテーマが光る
極上セレクション

新コレクション、開幕！

赤毛のアデレイド 《ハーレクイン・ロマンス・タイムマシン》	ベティ・ニールズ／小林節子 訳	PB-402

※予告なく発売日・刊行タイトルが変更になる場合がございます。ご了承ください。